「●●한책」 002 달달한책

단편소설 한 편을 쓰기 가장 좋은 기간, 4주.
당신이 발견한 이야기 씨앗을 심고 가꿉니다.

「●●한책」은 기수별 새로운 주제로 H씨와 함께 짧은 소설을 쓰는 파종모종의 독립출판 프로젝트입니다. 작가의 달달한 세계를 보여주는 단편소설 4편이 수록되어 있습니다.

한 책 — 달 달 한 책

겨울　　김지음　　이립　　주혜나

한 책 — 달달한 책

시나몬 브라우니 — 겨울 — 006

달콤함의 거리 — 김지음 — 048

아카시아향 꿀메리카노 — 이립 — 072

달달한 단추언니 — 주혜나 — 098

한 책 — 달 달 한 책

시나몬 브라우니.

겨울

광주 화정동에서 고양이와 타로가 있는 묘한서점을 운영하고 있습니다. 해야하는 것들 사이에서 하고 싶은 일을 하고 있습니다.

● ● 한 책 — 달 달 한 책

띵-

문자음이 경쾌하게 울렸다. 한밤에 스팸문자이겠거니 무시하려는데, 번뜩 한 사람에게 생각이 미쳤다. 따뜻한 욕조의 물이 순간 식은 것처럼 싸늘하게 느껴졌다. 그 남자일까.

무거운 몸을 일으켜 세면대 위에 놓은 핸드폰을 확인했다.

혜인 씨. 생각보다 직원을 일찍 구했어요.

다음 주부터 나오지 않아도 돼요.

그분한테는 연락 왔나요?

만나게 되면, 가게에 이상한 소문 나오지 않게 이야기 잘 해주세요.

꼭 부탁드립니다.

휴, 사장님이다. 어제 일하는 동안 계속 고민하는 표정을 짓더니, 해고하겠다는 말을 못 해서 그랬구나. 쓴웃음이 나왔다. 하여간 성격 참 무르다. 그냥 빨리 말해주지. 그 편이 다른 일을 빨리 구할 수 있으니까 난 더 좋은데.

네. 알겠습니다.

카페에 피해 가지 않게 잘 이야기하겠습니다.

민폐 끼쳐서 죄송합니다.

그동안 감사했습니다.

'그동안 감사했습니다.'라는 말에는 특히 진심을 담아 쓰고, 전송 버튼을 눌렀다.

21살. 중졸에 자격증도 없고 카페 경력도 없는 나를, 연민 하나로 일하게 해준 사장님이었다. 핸드폰을 세면대에 올려 두고 다시 욕조로 들어갔다. 비좁은 욕조 탓에 어정쩡하게 접힌 무릎을 가슴팍까지 끌어와 팔로 껴안았다. 그 남자의 얼굴이 떠올라서, 눈을 질끈 감고 무릎에 고개를 파묻었다. 내가 왜 그랬을까.

*

내가 그 남자와 처음 만난 건, 아직 디저트 카페 일에 적응해가던 때였다.

남자는 바로 주문을 하지 않고, 고민하는 표정으로 한참 동안 진열대 앞을 서성였다. 얼마나 지났을까. 문득 나와 눈이 마주친 그가 그제야 카운터 앞으로 다가왔다.

"저기."

"네, 주문하시겠어요?"

"음… 여기서 가장 맛있는 게 뭐예요?"

"보통 애플 시나몬 타르트 많이 드세요."

"아, 시나몬은 좀… 제가 시나몬을 싫어하거든요. 다른 건 없나요?"

남자가 인상을 잔뜩 찌푸리며 말했다.

"음… 초코 브라우니도 많이 드세요."

"좋아요. 그럼 그걸로 주세요."

순진한 웃음을 지어 보이며 남자가 대답했다.

브라우니를 포장해간 그날 이후부터 남자는 카페에 거의 매일같이 찾아왔다. 카페에는 디저트 종류만 20개가 넘었는데, 애플 시나몬 타르트를 제외한 거의 모든 디저트 메뉴를 먹었을 정도였다. 그저 디저트를 정말 좋아하는 사람인가 보다 생각했다. 그래서 그날 사장님의 말에 더 놀랐는지도 모른다.

"저 남자분, 혜인 씨한테 관심 있는 것 같아요. 제가 자리에 있을 때는 오지 않다가 혜인 씨가 돌아오면, 꼭 그때 주문을 한다니까요."

멀리서 친구들과 디저트를 먹고 있는 그 남자를 보며 사장님이 능글맞게 웃었다.

"장난이라도 그런 말 하지 마세요."

관심 없는 척 정색하며 말했지만, 내심 사장님 말에 신경이 쓰였다. 그러고 보니 그 남자가 사장님에게 주문하는 걸 본 적이 없었다. 대부분 내가 주문을 받았고, 남자는 그때마다 꼭 한마디씩 하고 갔다.

'혹시 오는 길에 벚꽃 봤어요? 정말 예쁘던데.'

'괜찮아요? 그렇게 매일 반죽만 하면 손목 아플 것 같아요.'

그 말들이 전부 관심의 표현이었다 생각하니 기분이 조금 이상했다. 껍질을 벗기고 있던 사과를 내려놓았다. 한쪽 손등을 볼에 가만히 대보았는데 열감이 느껴졌다. 그때, 친구들과 테이블에 앉아 있던 그가 일어나 이쪽으로 다가오려는 게 보였다. 그 모습을 본 사장님이 짓궂게 말했다.

"혜인 씨, 저 창고에서 밀가루 좀 꺼내 올게요. 채울 때가 돼서."

"아직 충분한데요?"

씽긋. 웃음으로 대답하고 창고로 향하는 사장님의 뒷모습을 나는 말없이 쳐다봤다. 어느새 카운터 앞까지 다가온 남자가 목덜미를 쓰다듬으며 말했다.

"친구들도 다 맛있다네요. 데려와 줘서 고맙대요."

"맛있다니 다행이네요."

"특히 브라우니가 제일 맛있대요. 저 처음 왔을 때 기억나요? 저도 그때 브라우니 먹고 단골 된 거잖아요."

남자가 평소와 다르게 내 눈을 똑바로 쳐다보며 말했다. 비록 눈동자는 흔들리고 있었지만.

"아… 네."

"입에 넣는 순간 눈물이 핑 돌았어요. 너무 맛있어서. 아 그리고…."

평소보다 말도 길었다. 무언가 이상하다는 생각이 들었다. 나는 길어지는 대화가 어색해서 포스기 화면에 시선을 고정하고, 화면에 있는 아무 버튼이나 생각 없이 눌렀다. 버튼을 누를 때마다 띠. 하고 짧고 경쾌한 소리가 울렸고, 남자의 말소리와 자연스럽게 섞여 들었다. 하지만 남자는 버튼음을 상관하지 않고 계속해서 말을 이었다.

"…그래서 그러는데 혹시…"

띠.

"네."

띠. 띠.

"내일 퇴근하고 괜찮으시면, 영화 보러 가실래요?"

띠이-

"네…?"

당황스러웠다. 나는 화면에서 손을 뗄 생각도 못

한 채 남자를 빤히 쳐다보았다.

"그게 그렇게 놀랄 일이에요?"

남자가 장난스럽게 웃으며 포스 화면을 가리켰다. 나는 그제서야 화면에서 손을 뗐다. 버튼 소리가 그쳤고 남자가 말했다.

"그냥, 영화표가 생겨서요."

남자의 눈이 기대감으로 반짝거렸다. 그 눈을 보고 있는데, 갑자기 속이 울렁거렸다. 불쾌감에 인상을 찡그리며 싸늘하게 대답했다.

"아니요. 퇴근 후에도 바빠서요."

"아, 그래요…? 그렇구나…."

기대감으로 찼던 남자의 눈이 순식간에 죽었다. 그 얼굴을 본 나는 안도했지만, 이내 위화감을 느꼈다. 이해가 잘 가지 않았다. 데이트 좀 신청한 게 그 정도로 불쾌할 일이었나. 전에 무례하게 번호를 물어보던 손님한테조차 이렇게 쌀쌀맞게 굴지는 않았는데. 정신을 차린 나는 곧바로 사과했다.

"죄송해요."

"아니요. 죄송할 게 뭐가 있어요. 불편하게 만든 것 같아서 제가 더 죄송해요."

멋쩍게 웃으며 친구들이 있는 테이블로 돌아간 남자는 그 후로 한동안 가게에 오지 않았다. 나는 그 시간 동안 남자에게서 느낀 불쾌감에 대해 생각해 봤지만, 아무리 고민해도 그 이유를 알 수 없었다.

*

"안녕하세요. 오랜만에 브라우니 먹으러 왔어요."

오랜만에 본 그의 얼굴은 전보다 피곤해 보였다. 혹시 그때 너무 쌀쌀맞게 거절한 탓인가 싶어서 마음이 불편했다.

"네, 오랜만이네요. 주문 도와드릴까요?"

"네. 브라우니 하나랑… 오늘은 따뜻한 아메리카노로 주세요."

남자가 힘없이 말했다.

"어디 안 좋으세요?"

"네? 아… 뭐… 그냥 개인적으로 일이 좀 많아서요."

말을 흐리기는 했지만, 왠지 나 때문은 아닌 것 같아서 안심했다. 창가에 앉아 브라우니와 따뜻한 커피를 먹는 남자의 모습을 지켜보았다. 평소에는 디저트를 단숨에 먹어 치웠는데 오늘은 왠지 느긋하게 먹고 있는 것 같았다. 한참 후 텅 빈 접시와 컵을 가지고 남자가 다가왔다.

"오길 잘했어요. 역시 맛있네요. 기분이 한결 좋아졌어요."

"다행이네요."

남자는 내 말에 가벼운 웃음을 지어 보이고, 디저트 진열대 쪽으로 다가갔다.

"혹시 소문 들었어요?"

"어떤 소문이요?"

"이 카페에서 브라우니를 먹으면 소원이 이루어진대요."

남자가 진열대 속 브라우니를 가리켰다.

"네?"

'소원이 이루어진대요.'라는 말에 나는 순간 인상을 찌푸렸다. 쓸데없는 미신을 싫어했고, 그런 걸 믿는 사람은 더 싫어했다.

"저는 그런 거 안 믿어요."

싫은 티를 냈지만, 전달이 잘되지 않았다. 브라우니에 시선을 고정한 남자가 소문을 읊기 시작했다.

"지금 저희 학교 커뮤니티에 떠돌고 있거든요. 썸녀랑 여기서 브라우니를 먹었는데 잘 됐다거나, 브라우니를 먹고 공부했더니 과탑을 했다거나. 그런 소문들이요."

"네…"

"그런데 조금 이상하더라고요. 저도 여기서 브라우니 엄청 먹었는데, 행운 같은 건 온 적 없었거든요. 찾아보니까 조건이 있더라고요."

"…"

그만. 그만 듣고 싶었다.

"조건이 뭔 줄 알아요? 브라우니를 한 입 넣은 상

태에서 소원을 비는 거예요. 예를 들어, '부자가 되게 해주세요, 부자가 되게 해주세요.' 이렇게요."

남자는 두 손을 모아 소원을 비는 척하며 애써 해맑게 웃었다. 꼭 그 웃음으로 현실을 이겨내려는 아니, 잊어버리려는 사람처럼 보였다. 그 얼굴을 보고 있자니 속이 울렁거리기 시작했다. 저번에 남자에게서 느꼈던 것과 똑같은 불쾌감이 일었다. 불현듯 하나의 음성이 머릿속에 울렸다.

'엄마가 돌아오게 해주세요.'

"욱."

구역질이 올라와 손으로 입을 틀어막았다.

"괜찮아요?"

남자가 카운터 앞으로 바짝 다가와 나를 불렀다. 그 목소리에 정신을 차린 나는 입에서 손을 떼고 옷매무새를 정돈했다.

"괜찮아요. 피곤해서요."

"밥은 먹고 일하는 거죠?"

"…"

"아, 맞다. 잠깐만요."

잊고 있는 게 생각났다는 듯 갑자기 매고 있던 가방 안에서 무언가를 주섬주섬 찾기 시작했다.

"찾았다! 뭐든 찾으려면 꼭 없다니까요. 예전부터 드리고 싶었는데…"

초콜릿이었다. 내가 세상에서 제일 싫어하는.

'엄마가 돌아오게 해주세요.'

'엄마가 돌아오게 해주세요.'

'엄마가 돌아오게 해주세요.'

조금 전의 그 음성이 머릿속에 다시 울리기 시작했고, 마침내 나는 남자를 볼 때마다 느꼈던 불쾌감의 정체를 깨달았다. 초콜릿에 배신당했던 그때, 남자는 기억하고 싶지 않은 그때의 기억을 자꾸만 떠올리게 했다.

"단 거 먹고 기운 내요. 저도 오늘 힘든 일 있었는데, 브라우니 먹고 기운 차렸어요. 피곤할 때는 단 거 만한 게 없잖아요?"

남자가 카운터 위에 초콜릿을 올려 내 쪽으로 쓱

밀었다.

"아니, 저기."

초콜릿을 돌려주려 하자, 남자는 생긋 웃으며 '괜찮아요. 그거 비싼 것도 아니에요. 먼저 갈게요.'라며 도망치듯 가게를 뛰쳐나갔다. 나는 사라져가는 남자의 뒷모습을 멍하니 바라보았다. 교통사고 뺑소니라도 당한 것 같은 기분이었다. 남자가 두고 간 초콜릿을 바라보다 순간 화가 치밀어 올라, 그대로 집어 쓰레기통에 던져 버렸다.

의자에 앉아 깊은 한숨을 내쉬었다. 머리가 뜨거워 이마에 손을 얹고 눈을 감았다. 그 상태로 한참 동안 머리를 식히다, 정신을 차리려고 몸을 일으켰다. 그때 진열대 속 애플 시나몬 타르트가 눈에 들어왔다. 시나몬은 먹지 않는다며, 단골손님인 그가 이 카페에서 유일하게 먹어보지 않은 디저트. 찬장을 열어 시나몬 파우더 봉투를 꺼냈다. 지퍼를 열자 시나몬의 알싸한 향이 확 풍겨왔다. 못된 마음이 불쑥 고개를 내밀었다.

*

 초등학교에 소문이 돌았다. 그 초콜릿을 입에 넣은 채 소원을 세 번 빌면 무엇이든 이루어진다고. 왕따 당하던 옆 반의 그 아이에게 갑자기 친구들이 생긴 것도, 매일 게임만 하던 우리 반 그 아이가 전 과목에서 백 점을 받게 된 것도, 사실은 그 초콜릿의 힘이라고. 어릴 적 그날. 소문을 믿었던 나는 하굣길에 그 초콜릿을 사러 마트에 들렀다.

 인기가 있어서 다 팔렸으면 어쩌지 했는데 다행히 있다. 빨간 종이 위에 하얀색 글자가 크게 써진 초콜릿. 분명 찰리와 초콜릿 공장에 나오는 윌리윙카 초콜릿이다. 하지만 너무 비싸다. 그동안 모아놓은 용돈을 다 써야 할 정도로. 어제 치과에서 엄마랑 한 약속이 떠올랐다.

 '엄마, 오늘이 진짜로 끝이야?'

 '응, 이제 치료 안 받아도 돼.'

 '그럼, 윌리윙카 초콜릿 사줄 거야?'

'응, 꼭 사줄게.'

분명 새끼손가락까지 걸었으면서, 꼭 사준다고 했으면서… 약속을 안 지킨 엄마에게 정말 서운했지만 이제 괜찮다. 이제 이 초콜릿으로 엄마랑 나는 행복해질 거니까. 초콜릿을 계산하고 품에 안았다. 활짝 웃게 될 엄마의 얼굴을 상상하며 집까지 쉬지 않고 뛰어갔다. 숨을 고르고 문을 열었는데, 무언가 이상했다. 집안이 지나치게 컴컴했고 조용했다.

"엄마… 저 왔어요."

현관에 서서 조심스럽게 엄마를 불렀다. 하지만 아무 대답도 돌아오지 않았다. 나는 조금 더 크게 엄마를 불렀다.

"엄마, 저 왔어요. 엄마!"

"조용히 해. 어? 조용히 하라고! 네년 엄마 집 나갔으니까!"

방 안에서 잠에 취한 아빠의 고함이 들려왔다. 놀란 나는 현관에 서 있는 그대로 멈춰, 덜덜 떨며 한동안 아빠가 있는 방문만 쳐다봤다. '엄마가 정말 집을 나간 걸까.' '정말 나를 버린 걸까.' '엄마는 괜찮은 걸까.' '돌아오지 않으면 어떡하지.' 온갖 생각이 떠올랐지만, 인정하고 싶지 않았다. 어제 치과에서 분명 내 손을 꽉 잡아주었으니까. 곁에 있어 주겠다고 약속했으니까. 아빠가 다시 잠이 들었는지 더 이상 방 안에서 아무 소리도 들리지 않았다. 지금이 기회라는 생각이 들었다. 나는 조심스럽게 품 안에서 윌리웡카 초콜릿을 꺼냈다. 포장지를 뜯어 한 입 먹고, 속삭이듯 작게 소원을 세 번 빌었다.

'엄마가 돌아오게 해주세요.'

'엄마가 돌아오게 해주세요.'

'엄마가 돌아오게 해주세요.'

바로 뒤에 있는 현관문이 열리고 캄캄했던 집 안에 환한 빛이 들어온다. 엄마의 울먹이는 음성이 들리고, 미안하다고. 우리 혜인이 무섭게 해서, 혼자 남겨둬서 미안하다고 꽉 안아줄 것 같았다.

주문을 외운 지 한참이 지났지만 아무 일도 일어나지 않았다. 무릎을 굽히고 쭈그려 앉았다. 그제야 엄마가 떠났다는 게 실감이 나면서 눈물이 터져 나왔다. 손에 들린 윌리웡카 초콜릿을 보자 배신감이 밀려왔다. 엄마가 잡아주던 손을 떠올리며 초콜릿을 꽉 쥐어 뭉갰다. 나는 손바닥 사이사이에 묻은 지저분한 초콜릿 자국을 바라보며 결심했다. 다시는 초콜릿의 달달함에 속지 않겠다고.

*

"와, 오늘 브라우니는 뭔가 다르네요? 진짜 맛있어 보여요."

순진한 남자의 말에 하마터면 웃음이 나올 뻔했다. 슈가 파우더를 잔뜩 뿌려 두었다. 브라우니를 입에 넣기 전까지는 시나몬 향을 느낄 수 없도록.

"슈가 파우더에요. 가끔씩 뿌려요."

대수롭지 않은 일인 척 시치미를 떼며 말했다.

"진짜요? 그럼 저 당첨된 거네요? 기분 좋은데요. 왠지 이 브라우니를 먹으면 이번에는 소원이 진짜 이뤄질 거 같아요."

또다시 시작된 소원 타령에 속이 울렁거렸다.

"무슨 소원을 빌 건데요?"

그의 말에 맞장구를 쳐주며 브라우니에서 주의를 떼게 했다. 혹시라도 풍길지 모르는 시나몬 향 때문이었다.

"그쪽이랑 같이 영화 보러 가게 해달라고 소원을 빌려고요."

"네?"

생각지도 못한 남자의 말에 당황스러워 포장하던 손이 그대로 정지했다.

"에이, 농담이에요. 저 그렇게 진상 아니에요. 그때는 정말 죄송했어요. 아무리 생각해도 너무 부담드린 거 같아서 꼭 사과드리고 싶었어요."

남자가 장난스럽게 웃으며 말했다. 한 방 먹은 기분이었다. 나는 대꾸하지 않고 시나몬 브라우니를 마저 포장했다.

"감사합니다. 특별한 브라우니 잘 먹을게요."

남자가 브라우니를 내 쪽으로 높이 올려 보이고는 활짝 웃었다. 특별한 브라우니라니 정말 바보 같았다. 손인사를 하며 나간 그에게 나는 가볍게 고개를 숙여 인사했다.

그날 이후로 남자는 가게에 오지 않았다. 사흘째 되던 날, 무언가 꺼림칙한 기분이 들었다. 매일같이 오던 사람이 시나몬 브라우니를 들고 간 후로 오지 않는다니. 어쩌면 달라진 브라우니 맛에 실망해서 가게를 바꾼 건 아닐까 하는 생각도 들었다.

Re Re Re

그때 전화벨이 울렸다. 바로 옆에 전화기가 있었지만, 밀가루를 반죽하는 중이라, 사장님이 대신 전화를 받았다.

"여보세요. 아 네, 디저트 카페 맞습니다. 무슨 일이시죠?"

사장님의 얼굴이 하얗게 질려갔다. 통화가 길어질수록, 사장님은 '네, 죄송합니다.' 외에는 별다른 말을 하지 않게 됐다. 통화 도중 사장님이 한 번씩 내 얼굴을 쳐다보는 게 느껴졌다. 무슨 일인지는 모르겠지만, 엮이고 싶지 않은 마음에 나는 아무 상관 없다는 듯 반죽을 짓눌렀다.

"네, 알겠습니다. 저희도 확인해 보고 다시 연락드리겠습니다."

전화를 마친 사장님이 다가와 심각한 표정으로 물었다.

"혜인 씨… 혹시 브라우니에 시나몬 파우더 넣은 적 있어요…?"

"전 잘 모르겠는데요."

분위기가 심상치 않았지만, 일단 시치미를 떼었다. 나중에 내가 시나몬을 넣은 게 들통나더라도, 꾸지람 한번 듣고 넘어갈 수 있는 정도의 일이라 생각했다.

"솔직히 말해요. 혜인 씨. 지금 상황이 심각해요."

다급한 목소리에 그제야 반죽에서 시선을 떼고 사장님을 쳐다보았다. 입술이 파르르 떨리고 눈동자가 흔들리고 있었다. 애써 눈을 피하며 다시 한번 시치미를 뗐다.

"기억 잘 안 나요. 저는 그런 적 없던 것 같아요."

"기억이 안 난다고요? 브라우니는 전부 혜인 씨 담당이잖아요. 혜인 씨 말고 누가 또 있어요."

언성을 높이며 추궁하는 모습에 놀라 베이킹 주걱을 땅에 떨어트렸다. 사장님이 저렇게나 화를 내는 건 처음이었다.

"…시나몬 알레르기래요. 알죠? 매일같이 오는 그 남자분. 어제 응급실 실려갔다고 전화 왔어요…. 대체 무슨 생각으로 그런 거예요?"

깊은 한숨을 내뱉은 사장님이 원망스러운 눈으로 나를 노려보았다. 응급실이라는 단어가 머릿속에 천천히, 반복적으로 맴돌았다. 순간 시야가 흐려지고, 사장님의 음성이 더 이상 들리지 않기 시작했다. 비틀거리는 몸을 진열대에 기대었을 때, 애플 시나몬 타르트가 보였다. 시나몬 알레르기라니. 그렇게까지 하려던 건 아니었는데….

*

 사장님께 해고 문자를 받은 다음 날, 구인 공고 글이 보이면 무조건 전화를 걸었다.

 -죄송합니다. 저희는 경력자만 구하고 있습니다.

 예상대로 대부분 비슷한 대답들이 돌아왔다. 잘 알고 있었다. 중졸에 자격증 하나 없는 내가 멀쩡한 곳에서 일할 수 있을 리 없었다. 그럼에도 계속해서 전화를 걸었다. 그런데 어느 곳에서 의외의 대답이 돌아왔다.

 -예, 일단 한번 면접 보러 와보세요.

 면접을 보러 간 회사 복도에는 대기자가 많았다. 잘 갖춰 입은 사람들 사이에 있으니 초라하게 느껴졌다. 경력마저 초라한 몇 줄 안 되는 내 이력서를 바라보며 어색한 시간을 견뎠다.

 "안혜인님 이쪽으로 들어오세요. 저기 안쪽에 계신 남자분한테 가시면 돼요."

 직원이 가리키는 쪽으로 걸어가자 컴퓨터를 하고

있는 담당자가 시야에 들어왔다. 책상 맞은편으로 가서 허리를 숙여 인사했다.

"안녕하세요. 어제 전화드렸던 안혜인입니다."

"예. 예. 앉으세요."

담당자가 컴퓨터를 보며 건성으로 대답했다. 깔보는 태도에 순간 기분이 상했지만 꾹 참았다. 앞으로 일하게 될지도 모르는 곳이었다. 내가 건넨 이력서를 훑어보던 담당자가 갑자기 코웃음을 쳤.

"하, 면접자 중에 중졸 검정고시는 또 처음 보네. 고졸 검정고시도 아니고."

"…네?"

잘못 들었나 싶어 소리 높여 되물었다.

"그쪽을 깔보거나 무시해서 그런 게 아니고. 그래도 우리 회사 직원 평균 학력이 대졸 이상인데, 처음 봐서, 신기해서 그래요."

기분 나쁜 미소를 지으며 내 얼굴을 힐끔 쳐다봤다. 어제와 말이 달랐다.

"분명 중졸이고, 자격증도 없다고 말씀드렸고, 그

래도 면접 보러 와도 괜찮다고 하셨잖아요. 기억 안 나세요?"

"아니, 왜 화를 내. 안 된다는 건 아니고. 엑셀은 할 줄 알죠? 회계 프로그램은 써봤어요?"

다급하게 사과하는 뉘앙스를 보였지만, 여전히 담당자의 입가에는 기분 나쁜 미소가 서려 있었다.

"아니요. 엑셀도 할 줄 모르고, 회계 프로그램도 써본 적 없어요."

담당자가 한심하다는 듯 내 얼굴을 쳐다보았다. 그때 문득, 오른쪽 어금니에 통증이 일었다. 눈을 찡그리며 볼에 손을 갖다 댔다. 충치는 아닐 텐데 스트레스 때문인가. 브라우니 사건과 면접 때문에 요새 잠을 제대로 못 잤다.

"저기요. 어려서 잘 모르는 것 같으니까. 내가 조언 하나 해줄게요."

담당자가 집중하라는 듯이, 내 이력서를 책상에 툭 치며 말했다.

"면접에서 제일 중요한 게 뭔지 알아요? 인상이

에요. 인상. 처음 들어왔을 때부터, 오만상 찌푸리고 와가지고 면접 보러 왔다고 하는데, 누가 같이 일하고 싶겠어요? 당신이라면 뽑고 싶어요? 그런 사람? 기본이 안 되어 있잖아."

 더 이상 참을 수 없었다. 담당자를 노려보며 말했다.

 "제대로 쳐다보지도 않았으면서."

 "뭐?"

 사람이 왔는데 쳐다보지도 않았으면서. 처음부터 무시했으면서. 나는 자리에서 벌떡 일어났다. 당황한 얼굴로 올려다보는 담당자의 손에서 이력서를 뺏었다. 사무실을 나온 순간 서러움에 눈물이 나올 것 같았지만, 애써 참았다.

 회사를 나와 버스 정류장에 앉아 있는데, 모르는 번호로 전화가 왔다. 이력서를 넣었던 곳에서 온 전화일지 모른다는 생각이 들었다. 목을 가다듬고, 전화를 받았다.

 -여보세요.

-…저예요.

-…네?

-시나몬…. 혹시 오늘 시간 괜찮아요?

 그 남자였다. 약속 시간을 정하고 전화를 끊었는데, 문득 치료비 걱정이 들었다. 아직 일도 못 구했는데. 치료비까지 나가면, 당분간 어떻게 생활해야 할지.

*

 남자를 마주하자 긴장감에 몸이 굳어버렸다.

 빨갛게 부은 남자의 목덜미에는 손톱자국들이 가득했다. 시나몬 알레르기로 인해 그가 겪었을 그간의 고통이 그대로 전달되었다.

 "정말 죄송합니다."

 고개를 숙여 사과했다. 괜찮다고 손사래를 치며 남자가 장난스럽게 말했다.

 "분명, 브라우니 먹으면서 같이 영화 보러 가게

해달라고 소원 빌었는데, 이렇게 될지는 생각도 못했네요. 하하."

"..."

하나도 안 웃기는데, 뭐가 그렇게 재밌는지. 자기가 말해놓고 자기가 웃는다. 눈치를 보며 아무 말 하지 않자 남자가 다시 말을 이었다.

"그날 갑자기 호흡이 가빠지면서 숨이 제대로 안 쉬어지더라고요. 바닥에 쓰러져서 기는데, 이대로 정말 죽는 거구나. 생각했어요."

고개를 아래로 떨군 남자가 이제는 쓴웃음을 지어 보였다. 목에 손바닥을 올려 부드럽게 쓰다듬었다. 자세히 보니 목의 상처는 더 심했다.

"하지만 제가 그렇게 허무하게 죽을 수는 없죠. 혜인 씨랑 데이트도 한 번 못해봤는데 억울하잖아요. 필사적으로 119 버튼을 눌렀죠."

또 장난스럽게 웃으며 말한다. 진지하지 못한 태도에 짜증이 났지만, 한편으로는 안심했다. 장난칠 정도의 체력은 있는 상태라는 거니까. 미안한 마음에 아무 말도 못 하고 고개를 숙였는데, 다시 치료비 걱정이 비집고 올라왔다.

"오늘 날씨가 좀 덥네요."

음료를 마신 남자가 숨을 한번 크게 골랐다. 자세를 바투 잡더니 이내, 진지한 표정으로 나를 바라보았다.

"이제, 말해 줄래요?"

"네?"

올 게 왔다.

"시나몬을 넣은 이유요."

"잘 모르겠어요. 아마 그날 바빠서 실수했던 것 같아요."

사장님에게 그랬던 것처럼 시치미를 뗐다.

"진짜 실수 맞아요?"

남자가 잔을 탁 소리 나게 내려놓고 다시 물었다.

"네."

거짓말이 들킬까 봐 눈을 피하지 않았다. 마주 보던 남자가 갑자기 한숨을 푹 쉬었다.

"그날, 슈가 파우더. 시나몬 향을 덮으려고 일부러 뿌린 거죠? 아무리 생각해도 이상하잖아요. 슈가 파우더가 뿌려진 특별한 그날, 하필 또 실수로 시나몬이 들어갔다는 게."

"…"

순간 정곡이 찔려서 아무 대꾸도 할 수 없었다. 남자는 그런 나의 반응을 기다렸단 듯이 입을 열었다.

"시나몬을 넣을 정도로, 제가 그렇게 싫었어요?"

"그건… 아니에요. 그쪽이 시나몬 알레르기가 있는 줄은 정말 몰랐어요."

내 대답이 답답하다는 듯, 몸을 한번 꼰 남자가 숨을 고르고 다시 물었다.

"제가 싫었던 게 아니면, 그럼 대체 뭐예요? 이유를 제대로 알려줘 봐요."

"…"

"이유를 알려주면 치료비나 합의금 같은 거 안 받을게요."

"네?"

"치료비, 합의금 이런 거 괜찮다고요. 그런 건 정말 괜찮아요. 못 믿겠으면 증거로 문자라도 보내드릴게요. 대신, 저는 이유가 궁금해요. 진짜 이유요."

"아니, 잠깐만요. 왜 치료비를 안 받아요?"

"그야 저는 그것보다 이유가 더 중요하니까…"

내가 쏘아붙이며 말하자, 남자가 당황해하며 말을 흐렸다. 그 모습을 본 나는 더 화가 났다. 왜 그게 중요하다고 생각 안 하는지. 어떻게 중요하지 않을 수 있는지.

"이런 게 싫었어요."

순간 나를 깔보던 면접 담당자의 기분 나쁜 웃음이 떠올라 울컥했다.

"누구는 개무시 당하면서 알바나 하며 사는데, 누구는 매일 같이 비싼 디저트나 먹으러 오면서, 속 편한 이야기나 하는 게 싫었어요. 그래서 넣었어요. 시나몬. 됐어요?"

남자가 당황스러운 눈으로 나를 바라보았다. 그 시선을 피해 고개를 땅으로 떨구었다. 침묵이 흘렀다.

한참 후 깊은 한숨을 내뱉은 남자가 조용히 말했다.

"저도 돈 없어요."

"네?"

"저도 여유롭지는 않아요. 아르바이트해서 열심히 모은 돈으로 사 먹는 거예요. 디저트."

나는 고개를 들어 그의 얼굴을 쳐다보았다. 쓸쓸하게 웃고 있었다.

"사실, 예전에는 디저트 잘 안 먹었어요. 맞아요. 비싸잖아요. 사람들이 왜 그렇게 비싼 돈 주고 디저트를 먹는지 이해가 안 갔어요. 저 그 카페에 처음 왔을 때 기억나요? 그날 엄청 힘들었거든요."

남자는 얼음만 덩그러니 남아있는 자신의 잔을 멍하니 보다 말을 이었다.

"그때, 그 카페 브라우니를 한입 먹었는데, 순간 이해가 가더라고요. '아, 이래서 사람들이 달달한 디저트를 먹는 거구나.' 정말 힘들었는데, 그 순간만큼은 모조리 잊을 수 있었어요. 행복했어요. 위로받는 기분이더라고요."

배신당하지 않을 거라는 무한한 믿음. 순진한 얼굴. 남자의 얼굴에서 어린 내가 보였다.

"저는 이해가 잘 안 돼요. 행복하려고 디저트를 먹는다는 게. 그런다고 바뀌는 건 없잖아요."

나의 말에 남자가 해맑게 웃으며 답했다.

"바뀌지 않으면 어때요. 디저트로 힘든 순간을 버틴다는 게 중요한 거잖아요. 저는 그게 중요하다고 생각해요."

분명 나도 초콜릿으로 현실을 버틴 적이 있었다. 하지만… 그때를 생각하자, 속이 울렁거렸다. 더 이상 남자와 같이 있으면 안 될 것 같았다. 의자를 박차고 일어나 말했다.

"저 먼저 가볼게요. 면접이 있던 걸 깜빡했어요."

"잠깐만요."

뒤에서 나를 부르는 목소리가 들렸다. 못 들은 척 출구 문을 향해 빠르게 걸어갔다. 정신없이 계단을 내려가는데, 남자의 마지막 말이 귓전에 맴돌았다.

'바뀌지 않으면 어때요. 디저트로 힘든 순간을 버

틴다는 게 중요한 거잖아요.'

*

 진료 의자에 누워 울음을 꾹 참으며 엄마에게 물었다.
 "엄마, 오늘이 진짜로 끝이야?"
 "응, 이제 치료 안 받아도 돼."
 엄마가 내 손을 꼭 잡아주었다.
 "치료 다 끝나면 윌리웡카 초콜릿 사줄 거야?"
 "응, 꼭 사줄게."
 엄마는 약속이라는 듯 잡고 있던 손을 들어 새끼손가락을 내밀었다. 그때 소매가 내려가면서 시퍼런 멍이 보였다.
 "엄마 아직도 아파?"
 손가락으로 가리키자, 엄마는 소매를 황급히 올려 손목을 감추었다. 잠시 주위를 두리번거리더니 내 손을 더 꽉 잡으며 말했다.

"엄마는 괜찮아."

괜찮지 않다고 생각했다. 괜찮다고 말한 엄마의 얼굴은 웃음기 하나 없이 텅 비어있었으니까. 치과 의사 선생님이 다가오는 소리가 들렸다.

"엄마, 나 무서워."

"괜찮아, 혜인아. 엄마 여기 있어."

엄마의 손을 놓지 않으려고 힘을 꽉 주었다. '괜찮아. 괜찮아. 괜찮아. 엄마가 옆에 있으니까.' 괜찮다고 몇 번이나 되뇌었다. 치료가 끝나면 엄마가 사주기로 약속한 월리웡카 초콜릿을 떠올렸다. 소원을 이루어준다고 소문이 난 그 초콜릿.

나는 그날의 기억이 항상 의문이었다. 왜 엄마는 약속한 초콜릿을 사주지 않았을까. 분명 치과 치료도 잘 받았는데. 나는 약속을 지켰는데. 그때 이후로 엄마를 떠올리지 않으려고 노력했다.

하지만 이제는 조금 알 것도 같다. 소원을 들어주는 초콜릿이 누구보다 필요한 사람은 엄마였던 건 아닐까.

*

 이른 아침, 치통 때문에 잠에서 깼다. 면접 때보다 훨씬 아팠다. 화장실 거울 속의 나는 오른쪽 볼이 심하게 부어있었다. 치과에 갈 수밖에 없다는 사실에 체념했다.

 가고 싶지 않았는데. 나를 버린 엄마를 떠올리게 하는 그런 곳.

 엑스레이를 보며, 치과의사가 의외의 말을 했다.
 "사랑니네요. 충치는 없어요. 깨끗해요."
 지금 당장 발치해야 한다고 말했다. 미뤄봐야 심해질 뿐이라고.

 잇몸에 마취약이 충분히 퍼질 때까지 진료 의자에 누워 기다렸다. 입이 얼얼해지고, 독한 향이 차오르는 게 느껴졌다. 무서웠다. 심장이 마구 뛰기 시작했고, 손과 목덜미가 땀범벅이 되었다. 이가 아픈 건 문제가 아니었다. 도저히 안 되겠기에 발치를 취소하러 일어나려는데, 옆 진료 의자에서 실랑이하는 목소리가 들렸다.

"엄마, 나 무서워. 하기 싫어."

"오늘이 마지막이잖아. 조금만 참아봐."

"싫어. 집에 가고 싶단 말이야."

"네가 좋아하는 간식 줄게. 이거 먹고 싶다고 했잖아. 응?"

그것은 초콜릿이었다. 아이는 못 이기는 척 엄마가 준 초콜릿을 받았다. 여전히 겁은 나지만, 꾹 참아보려는 표정이었다. 엄마의 손도 꼭 잡고, 초콜릿도 놓지 않으려는 듯 양손에 힘이 들어가는 게 보였다. 내 시선을 느꼈는지, 문득 아이가 고개 슥 돌려 나를 쳐다보았다. 이상한 눈으로 빤히 쳐다보길래, 왜 그러나 싶었는데 뺨에 손을 대보고 알았다. 눈물이 흐르고 있었다. 언제부터 울고 있었는지 알 수 없었다. 괜히 부끄러운 마음에 고개를 돌리려는데, 아이가 '잠깐만 엄마.'하고 진료 의자에서 일어나 이쪽으로 다가왔다.

"누나 무서워서 우는 거예요?"

아니라고 얼버무리며 옷소매로 눈물을 재빠르게 닦았다. 영 못 믿겠다는 표정으로 나를 보던 아이는 잠시 고민하더니, 초콜릿을 내밀었다.

"초콜릿 줄까요?"

조금 전 아이가 엄마에게 받은 그 초콜릿이었다.

"이거 가지고 있으면 하나도 안 무서워요."

"그럼 너는?"

"아까는 엄청 무서웠는데 지금은 괜찮아요."

"정말?"

"꼭 쥐고 있어요. 금방 괜찮아져요. 누나 줄게요."

아직 무서움이 완전히 가시지 않은 얼굴로, 씩씩한 척 초콜릿을 내게 더 내밀었다. 아이가 내민 초콜릿을 보고 있자니 거짓말처럼 마음이 진정됐다.

"고마워. 그럼 잘 받을게."

내가 초콜릿을 받자, 아이가 활짝 웃었다. 문득 해맑게 웃던 남자의 얼굴이 겹쳐 보였다. 아이의 머리를 가볍게 쓰다듬으며 나도 활짝 웃어 보였다. 초콜릿을 손에 꼭 쥔 채로 치료를 받았다. 신기하게도 정말 그 순간만큼은 하나도 무섭지 않았다.

*

치과 치료가 끝나고 집에 가는 길에 남자에게 전화를 걸었다. 통화음이 들리자 잠시 후회가 되었지만, 오늘 걸어야만 할 것 같았다. 오늘이 아니면 안 될 것 같았다.

-여보세요?

남자가 전화를 받았다.

-저예요…. 며칠 전에 문자 드렸는데 답장이 없어서요.

-아, 혜인 씨. 문자 봤어요. 치료비…. 그런데 정말 괜찮아요. 푼돈이라서 안 받으려는 건 아니에요. 그때 이야기했잖아요. 저도 여유롭지 않다는 거. 오해 말아요.

남자가 다급하게 말했다. 왠지 음성만으로도 어떤 표정으로 말하고 있을지 상상이 됐다. 나는 조금 더 용기를 내보려고 목소리를 가다듬었다.

-오해 안 해요. 그날은… 면접이 힘들어서 많이 예민했었나 봐요. 죄송해요.

-아, 그랬구나. 그때 그렇게 가서 걱정됐어요. 저는 괜찮아요.

-저기… 궁금해하셨잖아요. 시나몬을 넣은 이유.

-제가 생각 없이 비싼 디저트 먹으러 오는 모습이….

-아니요. 그건 그냥 홧김에 한 말이었어요. 사실은…

급하게 남자의 말을 막았다. 하지만 막상 진짜 이유를 말해주려고 생각하니 어디서부터 시작해야 할지 난감했다. 한동안 침묵이 흘렀다. 하지만 남자는 참을성 있게 기다렸다.

-진짜 이유는요…

나는 치과에서 그랬던 것처럼 초콜릿을 손에 꽉 쥐었다. 말하고 싶어졌다. 오늘만큼은 내 진짜 이야기를 할 수 있을 것 같았다.

시나몬 브라우니로 상처받은 남자에게.
초콜릿의 달달함을 잊어버린 나에게.

한 책 — 달달한 책

달콤함의 거리

김지음

종이 지紙, 소리 음音. 종이 위에서 다양한 이야기를 노래하듯 보여주고 싶은 사람.

●● 한책 — 달달한책

길 건너 횡단보도에 세훈이 보인다. 처음 만났던 그때처럼 우리의 시선은 차선을 가로질러 마주친다. 신호가 바뀌자 우리는 서로를 향해 가까워진다. 세훈이는 나를 보며 슬며시 웃는다. 바람이 부는 것도 아닌데 세훈이의 달콤한 향기는 매번 나에게 닿는다.

* * *

고등학교 삼학년이 되고 새 학기가 시작되었다. 악몽 같았던 한 해가 가고 드디어 마지막 일 년이다. 더 이상 사람들과 어울릴 자신이 없어 대학은 가지 않기로 마음먹었다. 나는 최대한 사람들과 떨어진 뒤쪽 구석에 있는 책상에 가방을 올렸다. 다들 삼삼오오 모여 무리를 만들고 있었다. 축구, 농구, 화장품 얘기가 귀에 들렸다.

혹시 누군가 나에게 말을 걸까 싶어 가방에서 책을 꺼냈다. 도서관에서 급하게 집어 온 책이라 무슨 내용인지도 모른다. 손에 집히는 페이지를 열어 나열된 활자들을 아무 생각 없이 읽고 있는데, 갑자기 달콤한 냄새가 코끝을 스쳤다. 누군가 떠오르는 달콤한 냄새가 어느새 코앞까지 다가와 울렁거리는 게 속인지 심장인지 모르게 만들었다. 신물이 올라오는 것을 간신히 참으며 인상을 찌푸리고 다시 책에 코를 박았다. 그리고 더 이상 떠올리기 싫은 생각을 누르고 있을 때 즈음, 달콤한 냄새가 짙어지며 책에 그림자가 드리워졌다.

"무슨 책이야?"

천천히 고개를 들자 그림자가 뒤로 살짝 물러났다. 호기심 어린 눈빛과 경계심 가득한 눈빛이 허공에서 부딪힌다. 숨을 한 번 참고 책의 앞표지를 그 애의 눈앞으로 들이밀며 제목을 보여줌과 동시에 냄새를 차단했다. 이 정도 시간이면 자기 자리로 갔겠지 하며 책을 내리다 다시 눈이 마주쳤다.

"나도 한번 봐도 돼?"

그 애의 말은 향수처럼 공기 중에 흩어지며 달콤한 냄새로 변했다. 나는 코를 잡았다. 더 이상 참을 수 없었다. 끼이익하는 의자 끄는 소리를 뒤로한 채 화장실로 달려갔다. 아무 칸에나 들어가 변기를 잡았다. 노란 신물을 뱉었다. 아니, 노란 신물 같은 그때의 기억을 뱉었다. 그동안 속에 잘 담아두었는데 결국 내 눈으로 그것을 다시 보게 되었다.

*

내가 달콤한 냄새를 싫어하게 된 건 작년 여름이었다. 드라마 소재로 딱 쓰기 좋은 아빠의 부도와 부모님의 이혼 같은 불행들이 한꺼번에 찾아왔을 때였다. 나는 엄마를 따라 반지하로 이사를 갔다. 밤낮없이 일하는 엄마는 집에선 잠만 잤기 때문에 집을 돌볼 사람은 아무도 없었다.

어느 날 교복에서 냄새가 났다. 장마철에 안 마른 수건에서 나는 것 같은 쿰쿰한 냄새. 방 안을 둘러보니 구석에 피어난 곰팡이가 눈에 들어왔다. 요 며칠 일이 더 늘었다며 쪽잠을 자던 엄마의 모습이 떠올랐다. 나는 눈을 감고 길게 한숨을 내뱉으면서 냄새를 가릴 무언가를 찾았다. 문득 오래전에 사두고 달콤한 냄새가 너무 아까워 딱 한 번 뿌려봤던 향수가 생각났다.

*

 고등학교 입학식 날, 늘 바빴던 아빠와 오랜만에 점심을 먹었다. 하지만 밥을 먹는 내내 아빠는 통화만 했고, 결국 중국집 테이블에 현금을 올려놓은 채 나가버렸다. 그날 우리가 시킨 무슨 메뉴는 기억나지 않지만, 아빠가 두고 간 돈이 꽤 많았다는 것은 기억이 난다. 밥값을 치르고 남은 돈을 챙겨 식당 문을 열자 바람이 불었고, 순간 마스크를 뚫고 들어오는 아주 달콤한 냄새를 맡았다.
 냄새를 좇아 향수 가게로 들어간 나는 달콤한 꽃향기가 가득 나는 향수를 샀다. 어릴 때 아빠가 나에게 자주 했던 "우리 지후는 꽃보다 더 예쁜 딸이야."

라는 말이 갑자기 떠올랐기 때문이었을까.

*

 책상 서랍을 뒤적거리다 깊은 곳에 박스째로 있는 향수를 꺼냈다. 별생각 없이 향수를 온몸에 뿌렸다. 달콤한 냄새에 머리가 아파질 정도가 돼서야 손을 멈췄고 조금은 마음이 편해져 그제야 학교로 향할 수 있었다.

 마지막 수업 시간이 끝나고 가방을 챙겨 일어나려는 순간이었다. 선생님은 수행평가로 조별 과제가 있다고 말했다. 아득해지는 정신을 간신히 잡고 교실을 둘러보았다. 교실 안에서 말도 안 해본 애들이 절반 이상이었다. 애들은 금세 조를 만들었지만 난 어느 무리에도 끼어들지 못했다. 다시 의자에 앉아 고개를 숙이고 있는 나에게 누군가 다가오는 소리가 들렸다.

 "김지후, 같이 할 사람 없으면 나랑 조 할래?"

매일 아침마다 듣는 목소리였다. 반장은 어색하게 웃는 얼굴로 나를 보고 있었다. 차라리 모르는 애들보다 반장이 무난하겠지. 내가 고개를 끄덕임과 동시에 반장은 웃음을 거두고 무표정한 얼굴로 종이에 내 이름을 적어 내려갔다.

생각보다 조별 과제는 재미있는 시간이었다. 같이 조를 이룬 애들은 부반장과 부반장의 친구였고 그들은 나를 적당히 친절하게 대해줬다. 하지만 반장은 달랐다. 내가 조심스레 의견을 내면 적극적으로 호응해 줬고, 자신의 핸드폰 번호를 알려주며 모르는 게 있으면 언제든지 연락하라고 했다. 처음 받아보는 관심에 괜히 손톱을 물어뜯었다.

신기하게도 반장에게서는 내가 가지고 있는 달콤한 향수 냄새가 났다. 하지만 그 향기는 너무 약해서 금세 사라져버렸다. 아쉬운 마음에 오히려 내가 더 향수를 많이 뿌리기 시작했고, 반장이 좋아질수록 향수가 줄어드는 속도도 빨라졌다. 반장을 조금이라도 더 보기 위해 아침 일찍 학교에 갔고, 하루에 한

번 이상 질문거리를 쥐어짜 내서 문자를 보냈다. 일부러 마주치고 싶어서 괜히 학교 복도를 서성거리기도 했다.

그날도 우연히 반장과 마주치지 않을까 싶어서 복도를 돌아다니다 약하게 남아있는 달콤한 냄새를 맡았다. 그걸 따라 걷다 익숙한 목소리에 담긴 내 이름을 들었다.

"아 진짜, 김지후 애는 적당히 할 줄 모르나?"

오스스 돋아난 소름은 내 걸음을 붙잡고 머리끝으로 올라왔다.

"왜, 너 김지후 잘 챙긴다고 여자애들 사이에서 난리던데."

"그냥 선생님이 부탁해서 하는 거지 내가 좋아서 하는 거겠냐. 이거 봐. 내가 핸드폰 번호 알려줬더니 별 시답잖은 거로 문자나 하고 있어. 한두 번 답장해 주니까 내가 진짜 좋아서 하는 줄 알아."

반장은 내 문자를 친구에게 보여주고는 익숙한 손놀림으로 삭제 버튼을 눌렀다. 다시 한번 돋아나는 소름을 무시하고 나는 교실로 돌아가기 위해 몸을 돌렸다.

"야, 진짜 웃긴 건 뭔 줄 아냐? 걔한테 이상한 냄새 났잖아. 내가 좀 잘해주니까 쪽팔리는지 냄새 숨기려고 향수를 뿌리고 오더라? 근데 냄새가 섞이니까 완전 토할 거 같아서 옆에 있지를 못 하겠더라."

조 과제를 위해 모였을 때도 반장은 늘 내 대각선에 앉아있었고, 가끔은 인상을 찌푸렸다. 바보같이 이제야 모든 걸 알게 됐다. 나는 반장으로서 챙겨야 할 같은 반 친구 그 이상도 이하도 아니었다. 괜히 오버한 기분이 들어 쪽팔림에 눈물이 났다. 교실로 들어가 가방을 챙겨 교문을 나섰다. 무작정 거리를 걷고 있는데 문자가 왔다.

어디야?

그동안 두근거리게 했던 문자가 이제는 보기만 해도 속이 울렁거렸다. 핸드폰 전원을 끄고 한참을 걸은 뒤, 집으로 향했다. 집 앞 계단에 앉아 핸드폰을 켜보니 문자가 한 통 더 와있었다.

갑자기 나갔다고 들었는데 무슨 일 있는 건 아니지?
내일 학교에서 보자!

그 문자를 보자 엿들었던 대화가 떠올랐다.

'내일은 향수를 더 뿌려야지. 분명히 향수로 덮을 수 있을 거야.'

다음 날 아침 다소 조급한 마음으로 등교할 준비를 마친 뒤, 향수를 꺼냈다. 자잘한 스프레이로는 성에 차지 않았다. 나는 뚜껑을 열었다. 그리고 손바닥에 부어 옷 곳곳을 적셨다. 온몸에 향수 냄새가 진동하자 마음이 놓였다. 하지만 안도감은 잠시뿐이었다. 한 걸음 걸을 때마다 진하게 풍기는 냄새는 더 이상 달콤하게 느껴지지 않았다. 오히려 견디기 힘든 냄새가 되어 머리가 지끈거렸고 헛구역질이 났다.

결국 몇 걸음을 걷다 공원 화장실로 향했다. 그리고 손톱에 긁혀 피가 날 때까지 코를 헹궜다. 피가 맺혀 빨개진 코끝을 보며 그제야 정신을 차렸다. 가까이 가면 나도 향기를 풍길 수 있을 줄 알았다. 하지만 오히려 냄새가 나는 것을 들키고 말았다. 그날 이후로 나는 모든 사람들과 스스로 멀어졌다.

'가까이 가면 안 돼. 냄새가 날 거야.'

나의 고등학교 이학년은 그 생각만 가득한 채로 지나갔다.

*

입을 헹구고 다시 교실로 돌아오는데 내 옆자리에 그 애가 앉아있었다. 다시 한번 숨을 참고 빠르게 가방을 챙겨 반대편 책상에 앉았다. 하지만 결국 우리는 나란히 앉게 되었다. 종이에 적힌 숫자가 같은 사람끼리 짝꿍이 되는 아주 우연한 방법에 의해서. 칠판 가장 아래에 있는 네모 칸 두 개에 이세훈과 김지후라는 이름이 적혔다.

"아까는 왜 나 피했어?"

나는 세훈이의 말을 가볍게 무시하고 최대한 고개를 반대쪽으로 돌려 팔을 괴었다. 말을 할 때마다 순간적으로 맡게 되는 냄새에 어떤 것도 집중할 수 없었기 때문에 투명 인간처럼 최대한 무시하려고 노력했다. 세훈이는 나에게 계속 말을 걸었지만 나는 대꾸조차 하지 않았고, 그 뒤로 더 이상 말을 걸지 않았다.

그러다 며칠 뒤, 여느 때처럼 세훈이를 등지고 있는데 말소리가 들렸다.

"야, 김지후. 나한테 아직도 냄새나?"

냄새라는 소리에 반사적으로 고개가 세훈이에게 향했다.

"와, 드디어 쳐다보는 거 봐. 진짜 나한테 냄새나?"

"어, 냄새나."

"아씨, 오늘은 페브리즈 다른 향으로 뿌렸는데."

"페브리즈?"

"네가 처음에 나 보면서 코 막고 뛰쳐나갔잖아. 그때부터 나한테 냄새나나 싶어서 페브리즈 뿌리고 다녔거든. 오늘은 일부러 코튼향으로 뿌렸는데… 맡아볼래? 내가 진짜 좋아하는 향인데…"

세훈이의 말이 끝나기도 전에 갑자기 웃음이 픽 났다. 자기한테 냄새나는 줄 알고 페브리즈를 뿌리고 다녔다니. 그동안 나한테 말 안 건 것도 냄새날까 봐 그런 거였나.

이렇게 말을 트고 난 뒤부터 세훈이는 매일 다른 냄새의 페브리즈를 뿌렸고, 나에게 꼭 맡아보라고 손으로 바람을 만들었다. 세훈이가 풍기는 달콤한 냄새에 다른 향기가 묘하게 섞이니 잠시 동안은 그 냄새에 신경 쓰지 않을 수 있었다.

그런 나날들이 이어지다 어느덧 계절이 바뀌고 무더운 날들이 계속됐다. 책상 위로 올라온 햇빛이 머무는 시간이 점점 길어지자 나는 냄새에 더 민감해져 갔다.

다행히 3학년이 되기 전에 낡았지만 베란다가 있는 빌라로 이사를 했고, 더 이상 쿰쿰한 냄새를 맡지 못했다. 하지만 나는 매일 학교가 끝나면 교복을 빨아 널었다. 그것도 모자라 옷에 무언가 스치기라도 하면 바로 코를 가져다 대고 냄새를 확인했다. 조금

이라도 이상한 냄새가 나면 화장실에 틀어박혀 수업도 듣지 않았다.

*

 그날은 하천에서 지독한 악취가 났었다. 냄새에 쫓기며 빠른 걸음으로 집에 도착할 때 즈음, 비가 내렸다. 엄마가 틀어놓고 나간 뉴스에서는 장마 예보가 흘러나오고 있었다. 나는 불안한 마음을 뒤로한 채 교복을 빨았다.
 하지만 비는 밤새 내리다 아침이 되어 겨우 그쳤고 한 벌밖에 없는 교복은 덜 마른 상태였다. 어쩔 수 없이 축축한 교복을 그대로 입고 학교에 갔다. 교실은 환기를 못 해서 습기가 가득했고, 애들은 끈적끈적한 몸을 선풍기에 말리고 있었다. 그러다 누군가 외쳤다.
 "야, 교실에서 엄청 이상한 냄새 나."
 그러자 너잖아, 발 좀 씻고 다니라며 장난스러운

대화가 오갔다. 애들은 주변을 두리번거리면서 또 발 안 씻고 온 사람 누구냐며 장난스러운 분위기를 이어갔다. 모두 웃고 있었지만 한 명은 웃지 못했다.

미처 말리지 못하고 입고 온 교복에서 나는 냄새는 아닐까. 나한테 말 한 건 아닐까 하는 생각이 머릿속에 퍼져갔다. 점점 식은땀이 나고 눈앞이 하얘졌다. 얼굴로 피가 쏠려서 눈물이 날 것 같았다.

"너 괜찮아?"

옆에 있던 세훈이가 놀란 눈을 하고 나에게 물었다. 이 순간에도 세훈이는 달콤한 냄새를 풍기고 있었다. 이 상황에 그 냄새까지 더해지니 더 이상 교실에 앉아있을 수 없었다. 최대한 눈에 띄지 않게 일어나 화장실로 향했다.

돌아가고 싶지 않았지만 출석은 해야 했기 때문에 찬물로 세수를 하면서 정신을 차렸다. 떨리는 가슴이 조금 가라앉자 화장실 밖으로 나가는데, 어느새 나를 따라온 세훈이가 내 손을 잡았다.

"왜 그래?"

고개를 숙이고 가로 저으며 손을 뿌리치려는 찰나 다시 세훈이의 목소리가 들린다.

"혹시 냄새나는 거 같아서 그래? 너한테 아무 냄새도 안 나. 걱정하지 마."

냄새가 안 난다는 말에 긴장이 풀리며 눈물이 왈칵 쏟아졌다. 나에게 냄새나지 않는다고 말해준 사람은 처음이었다. 가슴에 꾹꾹 담아둔 감정이 발밑에 쏟아지고 있었다. 세훈이는 갑자기 우는 나를 보며 당황한 듯 보였지만 곧 어디선가 휴지를 가져와 내 손에 쥐어줬다.

처음으로 누군가에게 내 감정을 보여준 나는 앞에서 가만히 기다려준 세훈이의 조용한 위로에 고마움을 느꼈다. 눈물을 닦고 나니 수업 시간 종이 울렸다. 들어가자는 세훈이의 말에 작게 고개를 끄덕이며 교실로 들어갔다.

세훈이는 하루 종일 예전과 다름없이 나를 대했다. 조금 조심스러워하는 눈치였지만 더 걱정해 주거나 위로해 주지는 않았다. 대신 수업이 끝나고 나에게 부탁을 했다.

"혹시, 오늘 괜찮으면 도서실 와서 나 좀 도와줄 수 있어? 새 책 들어오는 날이라 바코드 작업해야 하거든."

잠시 고민했지만 고마운 마음을 갚고 싶어 그러겠다고 했다. 다행히 도서실은 오래된 종이 냄새가 가득해 세훈이의 달콤한 냄새가 곤욕스럽지 않았다. 한창 작업을 하고 있는데 세훈이가 먼저 정적을 깼다.

"오늘 울었던 거 말이야, 무슨 일 있었는지 물어봐도 돼?"

복잡한 생각이 들었다. 말해줘도 될까. 믿어도 될까. 예전처럼 되지는 않을까. 하지만 실타래 같던 생각들은 오늘 받았던 위로에 금세 풀어졌다.

나는 숨을 크게 내쉬고 작년에 있었던 일들을 최대한 침착하게 설명했다. 목소리가 떨리고 숨이 턱 하고 막혀 말이 나오지 않기도 했지만.

세훈이는 그동안 내 설명을 가만히 듣고만 있었다. 내 감정에 함께 동요하지도 않았지만 관심 없이 듣지도 않았다. 가끔 고개를 끄덕이거나 무언가 생각하는 듯 허공을 응시했다. 나는 오히려 유난스럽지 않은 반응에 마음이 가벼워졌다. 잠시 정적이 흐르고 세훈이가 입을 열었다.

"나 사실 너 처음 봤을 때 책 읽고 있어서 도서부원으로 섭외하려고 간 거였거든. 그러다가 너한테 상처받고 페브리즈 종류별로 사고 그랬잖아. 근데 내가 페브리즈 뿌려가면서 너한테 왜 계속 말 거는 줄 알아?"

"…"

"잠시라도 네가 냄새에 신경 안 썼으면 좋겠다 싶어서. 한 달 동안 옆에서 보니까 계속 고개 돌려서 교복에서 냄새나는지 확인하고, 가끔 급식에 생선구이 나오면 밥도 안 먹고. 너한테서 냄새날까 봐 유독 신경 쓰는 게 눈에 자꾸 밟히는 거야. 너한테는 아무 냄새도 안 나는데… 그러니까 앞으로는 조금만 덜 신경 써봐. 나도 페브리즈 많이 뿌리고 올게."

세훈이의 말이 끝나자 바코드 작업도 마무리되었

다. 더 이상 이어지는 대화는 없었지만 조금 달라진 분위기를 느꼈다. 그러고 보니 도서실을 가득 메운 종이 냄새가 더 이상 나지 않았다. 어느샌가 그 자리에는 세훈이의 달콤한 향기가 강렬하게 느껴지고 있었다. 하지만 이상하게 괴롭지 않고 마음이 편해진 느낌까지 들었다.

그날 이후에도 세훈이는 여전히 매번 다른 페브리즈를 뿌리고 왔다. 나에게는 작은 변화가 생겼다. 가끔 세훈이의 페브리즈 냄새가 좋은지 별로인지 평가를 하기도 했고, 냄새를 맡는 횟수가 점점 줄어들었다. 그렇게 적당한 거리를 유지하면서 마음을 여는 방법을 알게 되었다.

*

수능이 끝나고 오랜만에 만난 졸업식에서 세훈이는 나에게 꽃을 선물했다. 어색하게 꽃을 받는 나와는 다르게 세훈이는 웃는 얼굴이었다.

"우리, 나중에 만나면 이렇게 웃어주자."

살짝 미소를 지으며 고맙다는 말과 함께 돌아서는 나를 그의 손이 붙잡았다. 그의 얼굴을 다시 쳐다보고 있는데 한참을 머뭇거리다 말을 꺼냈다.

"혹시 말이야."

입안에서 단어를 굴리고 있는 세훈이의 모습이 낯설었다.

"거리 좁혀도 되면, 신호 보내줘."

살짝 빨개진 귀 끝을 손으로 숨기며 돌아서는 뒷모습을 한참 바라봤다. 세훈이가 떠난 자리에 달콤한 냄새가 진해진 느낌이 들어 마음이 울렁였다.

* * *

어느새 우리는 횡단보도 중간에서 만났다. 잠시 내 앞에 있던 세훈이는 무언가에 놀란 듯 눈을 크게 뜨고 나에게 무언가 말하려 했다. 하지만 초록색 숫자가 점점 줄어드는 것을 보자 내 손을 잡고 곧장 자신이 있던 곳으로 뛰어갔다. 우리는 여전히 손을 잡고 있었고, 세훈이는 당황한 목소리로 말했다.

"뭐야 김지후. 이건 내 페브리즈 냄샌데?"

"기억나? 내가 너한테 제일 잘 어울린다고 했던 향기인데."

1년 동안 맡았던 향기 중에 유독 세훈이에게 어울리는 향기가 있었다. 달콤하면서 포근하게 감싸주는 느낌이 세훈이와 많이 닮았다는 생각을 했다.

사람들과 스스로 멀어지기로 한 그때 이후부터 향수를 뿌리지 않았지만, 이상하게도 그 향기는 계속 생각이 났다. 그래서 향수를 직접 만들어 뿌리기 시작했다. 그 향기를 떠올리면서. 아니, 세훈이를 생각하면서.

나는 세훈이의 손을 조금 세게 잡았다.

"나, 이제 거리 좁혀도 괜찮을 것 같아."

세훈이는 활짝 미소를 지으며 내 손을 끌어당겼다. 더 이상 짙어질 수 없을 만큼 달콤한 향이 내 품에 들어왔고, 마침내 맞닿은 우리는 어느새 닮아 있는 달콤한 향기를 풍기고 있었다.

한책 — 달달한책

아카시아향 꿀메리카노

이립

사이먼과 가펑클이 'Bridge Over Troubled Water'를 발표한 해에 태어난 직장인, 작가이고 싶은 여행엽서&영화포스터 수집광.

한 책 — 달달한 책

초은은 모처럼 쉬는 날 대청소를 하기로 마음먹었다. 라디오를 켜니 김광석의 '서른 즈음에'가 흘러나왔다. 서른에 들었을 때에는 청춘과 사랑이 끝나는 것을 슬퍼하는 노래로 생각했다. 하지만 마흔을 앞둔 초은에게 이 노래는 서른이 되었다고 너무 아파하지 말고 마음껏 사랑하고 즐기라고 말하는 것처럼 들렸다. 청춘도 사랑도 제대로 즐기지 못한 채 일만 하다 삼십 대를 떠나보내는 게 못내 아쉬웠기 때문이다.

※

십 대와 이십 대는 대학 진학과 취업에 대한 고민이 깊었던 터라 취업만 되면 다른 고민은 대수롭지 않게 넘길 수 있을 줄 알았다. 직장 생활을 시작한 지 10년 만에 부모님의 도움을 받아 어렵게나마 시골에 집을 마련하기도 했고, 삼시 세끼 걱정 없이 정년이 보장된 직장에 근무하고 있으니 이만하면 괜찮은 삶이라며 만족한 적도 있었다. 하지만 막상 삼십 대를 마무리할 때가 되니 마음이 심란했다. 머리로는 나이를 한 살 더 먹는 것에 불과하다는 걸 알면서도, 청년에서 중년으로 넘어간다고 생각하니 기껍게 받아들여지지 않았다. 심지어 오랜 기간 일과 생활의 균형이 깨진 채 살다 보니 제 자신을 잃어가는 것 같아 두렵기까지 했다.

*

"비어있는 내 가슴속엔 더 아무것도 찾을 수 없네…"

초은은 책장 먼지를 털며 무심코 노래를 따라 부르다가 손을 멈칫했다. 아무것도 찾을 수 없다는 가사와 달리 책장에서 빛바랜 일기장 여러 권을 발견했기 때문이다. 일기장의 존재를 잊고 지낸 시간만큼 윗면에 쌓인 먼지의 두께가 상당했다. 초은은 훅 입바람을 불어 먼지를 날려 보내고 찬찬히 살폈다.

대여섯 권의 일기장은 나이대별로 정리되어 있었는데, 20대의 일기장 한 권이 부족했다. 혹시 다른 칸에 꽂혀 있는 게 아닐까 싶어 찾아봤지만 끝내 발견하지 못했다. 찾지 못한 일기장에 미련을 버리고 찾아낸 것 중 한 권을 손에 들었다. 표지에는 장미가 든 유리병을 품에 안고 행성 위에 서 있는 어린 왕자가 그려져 있었는데 색이 빠져서인지 어린 왕자의 표정이 유독 슬퍼 보였다. 색이 빠진 표지와 달리 일기장 안쪽에 적어둔 글씨는 아직도 선명하기만 했다. 반듯하게 써 내려간 글씨를 읽고 나서야 초은은 자신이 집어 든 일기장이 열아홉 살에 썼던 것임을 알아챘다.

"그게 어디 있을 텐데."

팔랑팔랑 일기장을 넘기다 중간 부분에 끼워져 있던 종이 한 장을 발견했다. 프랑스 50프랑 지폐였다.

"이게 여기 있었구나."

어린 왕자와 생텍쥐페리, 코끼리를 삼킨 보아뱀,

생텍쥐페리가 탔다는 브레게14 비행기가 인쇄되어 있었다. 유럽 배낭여행을 갔던 큰고모가 지폐를 건네며 했던 말을 떠올리려 애써보았지만 기억나지 않았다. 대신 지폐 아래에서 주문을 걸듯 적어둔 글귀를 발견했다.

'50프랑 속 어린 왕자가 프랑스를 여행하는 행운을 전해줄 거야.'

50프랑의 존재를 잊고 있었기 때문일까. 어린 왕자는 아직까지 프랑스를 여행하는 행운을 가져다주지 않았다. 초은은 열아홉의 자신이 힘주어 쓴 글귀를 물끄러미 바라보다 50프랑 지폐를 지갑에 옮겨 넣었다. 열아홉의 자신이 믿었던 행운의 효력이 아직 남아 있을 것만 같아서다.

*

군청에 가기 위해 매일 아침 지나는 출근길은 농촌마을에서 읍내까지 30분 거리다. 5월이 되면 하천을 따라가는 아카시아 가로수길이 펼쳐진다. 운전하는 차 안 가득 향기가 전해진다. 탐스러운 꽃송이에서 나오는 달콤한 꽃향기는 아버지의 바람대로 공무원이 된 첫날을 떠오르게 하는 잊을 수 없는 인생 향기이기도 하다.

아버지는 공무원이 된 딸의 첫 출근길을 꼭 본인이 태워다 주겠다며 아침부터 바쁘게 준비하셨다. 아버지가 운전하는 차를 타고 함께 군청으로 향했던 게 5월의 아카시아가 만발했던 때였다. 달리는 내내 별다른 대화는 없었지만, 평소 무뚝뚝한 아버지가 뿌듯해하고 있다는 걸 느낄 수 있었다. 그 길지 않은 시간 동안 살짝 열린 창문으로 아카시아꽃의 달콤한 향기가 끊임없이 전해져서인지 아직도 그 순간이 선명하게 남아있다.

그때부터 10여 년이 지났다. 새내기 공무원으로 부서를 옮겨가며 다양한 업무를 익혔고, 현재는 군청 문화관광과에서 축제 업무를 담당하고 있다. 대도시 근교 소도시들은 경쟁적으로 축제를 연다. 그래서 사계절이 축제다. 시장도 군수도 축제를 통해 지역을 알리고 싶어 한다. 봄에는 화려한 꽃축제, 여름에는 시원한 물축제, 가을에는 입맛 당기는 맛축제, 겨울에는 눈축제로 일 년 내내 분주한 생활이 계속된다. 공무원이면 떠올리는 9시 출근하고 6시 퇴근하는 철밥통 공직생활이 아니다. 6시 퇴근도 못하고 주말도 없이 초과근무를 해야 하는 때가 많았다. 어느 날 과장이 초은을 자리로 불렀다. 뭔가 중요하게 할 말이 있는 것 같았다.

"초은 씨, 축하해! 며칠 후에 문화체육관광부에서 평가단이 나올 거야."

"무슨 평가단이요?"

"지난번에 초은 씨가 숲 축제 기획안 작성해서 사업에 공모했잖아. 그게 1차 평가를 통과했다고 공문이 왔어. 그래서 먼저 축하한 거고, 2차 평가는 평가단이 직접 온다고 하더라고."

"크게 기대 안 했는데, 좋은 소식이네요. 2차 평가 받으려면 이것저것 준비를 미리 잘해놔야겠어요."

"아직 일정 조율 중이라 방문 날짜는 따로 연락해서 확정할 모양이야. 뭐, 초은 씨야 워낙 알아서 잘하니까 평가 준비도 잘 부탁해."

"네, 꼭 선정될 수 있도록 잘 준비해 보겠습니다."

*

평가 날이 되었다. 평가단원 중 한 명이 열차로 내려온다고 해서 도착 시간에 맞춰 기차역에 마중을 나갔다. 역 앞에 반듯한 자세로 서서 시계와 역사 입구를 번갈아 확인하던 와중에 감청색 양복에 백팩을 멘 남자가 자신이 서 있는 방향으로 다가오는 걸 발견했다.

그 남자는 얇은 금테 안경을 끼고 있었는데 걸을 때마다 햇빛이 반사돼 눈이 부셨다. 눈을 찡그리지 않으려 애쓰며 점점 거리를 좁혀 오는 남자에게 조심스럽게 다가갔다. 남자는 초은 앞에 다다라서야 걸음을 멈추었다.

"혹시 문화체육관광부에서 오신 정은호 사무관님이세요?"

"네, 정은호입니다."

정은호 사무관은 반가운 표정을 지어 보이며 악수를 청했다. 초은은 악수를 나눈 짧은 시간 동안 자신의 얼굴을 빤히 바라보는 정은호 사무관의 시선이 부담스러웠으나 내색하지 않았다. 오히려 당당한 느낌을 주기 위해 눈을 맞추고 피하지 않았다. 이윽고 맞잡은 손이 떨어졌다.

"저희가 행사 장소로 생각하고 있는 곳으로 안내하겠습니다. 우선 주차장으로 가시죠."

"네, 알겠습니다."

가벼운 대화를 나누고 앞서 걷는데 문득 비슷한 누군가를 만났던 것 같다는 생각이 들었다. 대놓고 우리 어디서 만난 적 있나요? 하고 묻자니 수작을 부리는 것 같아 선뜻 입이 떨어지지 않았다.

'묘하게 낯이 익는데….'

정은호 사무관을 현장으로 이끌면서 생각에 잠겼

던 초은은 이윽고 앳된 얼굴 하나를 떠올렸다.

*

 초은의 아버지는 초은이 공무원이 되길 바랐었다. 딸이 60세까지 정년이 보장되는 직장에 들어가서 '내 사위는 이런 사람이다'라고 자랑하고 싶은 사윗감과 결혼하길 바랐다. 그리고 귀여운 손자를 낳아 주말마다 밥 한 끼 함께 하며 손자 크는 즐거움을 안겨주는 딸의 삶을 생각해 둔 것이다. 가부장적인 아버지의 이기적인 생각에 화가 나서 반항하고 싶었지만 굳이 다른 길을 선택할 이유를 찾지 못했었다.

 대학 졸업을 하고 회사 인턴생활을 하면서 취직하기 위해 지원서를 여러 곳에 냈지만 번번이 떨어졌다. 결국은 공무원 시험 준비를 시작했지만 그것도 여러 해 떨어졌다. 스물아홉이 돼서는 포기하려고 했었다. 아버지에게 학원비 받는 것도 면목 없고, 취업한 친구들이 퇴근길에 입시학원에 찾아와서 밥

사주고 위로해주는 것도 싫었었다.

　그때 군대를 막 제대한 복학생 은호를 만났다. 그는 행정고시를 준비하기 위해 학원에 들어왔고 행정학 강의 시간에 맨 앞자리에 앉은 초은을 여러 번 지켜봤었다. 어느 날은 나약해질 대로 나약해진 초은이 학원 독서실에서 꾸벅꾸벅 졸고 있었다. 그때 옆자리에 있던 은호가 달달한 커피를 건네며 행정학과 행정법 요약 노트를 빌려 달라고 했었다. 흔쾌히 빌려줬었고 그 뒤로도 여러 번 달달한 커피를 얻어 마셨다. 기운이 나는 커피였다.

　그러던 중 서로에 대해 이야기를 나누다 몇 가지를 알게 됐다. 은호는 꿀벌을 키우는 농부의 아들이라고 했다. 군 생활을 마치고 돌아와서인지 에너지가 넘쳐 보였던 기억이 있다.

　초은이 공무원 시험에 합격하고는 연락이 끊어졌었지만 가끔 은호가 생각날 때가 있었다. 그때의 복학생이었던 은호가 초은의 눈앞에 상급기관 관리자로 서 있다니 놀라웠다.

*

　공모사업 평가단이 모두 모여 축제 장소인 치유의 숲을 둘러보고 축제 공간 접근성과 편의시설 그리고 프로그램에 대한 얘기를 나눴다. 다행히도 평가단의 의견은 긍정적이었다.

　"숲 콘텐츠가 숲 마을 사람들의 생활을 경험하게 하는 지역의 고유성을 잘 살려낸 것 같습니다."

　"마을 주민들이 마을 학교를 열어서 직접 축제 계획을 세웠습니다. 문화체육관광부에서 관심을 가져주신다면 마을공동체가 활성화되어 지속 가능한 축제로 성장할 수 있을 겁니다."

　기획서를 작성할 때 중점적으로 생각했던 부분을 정은호 사무관이 짚어 주었고, 초은은 평가단에게 그 부분을 강조하고 싶어 의견을 덧붙였다. 현장평가가 마무리되고 서로 수고했다는 인사를 나누며 평가단은 삼삼오오 헤어졌다. 평가단원 몇몇은 개인적인 일정이 있다며 사라졌고, 은호를 담당하기로 했던 초은은 다시 역까지 배웅하기 위해서 주차장 쪽으로 안내했다.

"정 사무관님도 수고 많으셨습니다. 그리고 실례가 안 된다면 한 가지 궁금한 게 있는데요. 혹시 예전에 행정고시학원에 다니지 않으셨어요?"

"네 다녔습니다. 그렇지 않아도 말씀드리려고 했는데 기억하셨군요. 이제 업무도 끝났으니 편하게 커피 한잔하실까요?"

자신의 기억이 틀리지 않았다는 안도감과 오랜만에 만났다는 반가움이 교차했다. 공무원 시험에 합격한 후, 은호가 가끔 생각났던 터라 그동안 어떻게 지냈는지 차 한 잔 마시며 이야기 나누는 것도 좋을 것 같았다.

"네, 좋아요. 아무래도 이쪽에 아는 카페가 없을 테니 제가 안내하는 게 좋겠죠?"

"제가 정말 맛있게 커피를 내리는 카페를 알고 있어요. 거기로 가고 싶은데 어떠세요?"

이 지역이 낯설 거라고 생각했는데 아는 카페가

있다니 의외였지만 딱히 중요한 문제는 아니니 그가 안내하는 곳으로 가기로 했다. 초은의 앞에서 걸으며 은호는 어딘가로 전화를 걸었다.

"지금 커피 마시러 가려고 하는데, 괜찮을까요?"

곧 괜찮다는 대답이 들려온 듯했고, 둘은 함께 그 카페로 향했다.

이동하는 차 안에서 은호는 머뭇거리다 말을 꺼냈다.

"사실, 제 고향이 이곳입니다. 작년에 아버지가 돌아가셔서 큰형이 서울 생활을 정리하고 내려와 있어요."

"그래서 아는 카페가 있다고 했군요?"

"그런 것도 있고…"

대답이 시원하게 끝나지 않고 늘어지는 게 할 말이 더 있는 듯 했다.

"큰형이 내려와 있으면서 형수랑 함께 카페를 운영하고 있거든요. 다른 의미가 있는 건 아니고, 정말 커피가 맛있어요. 먼저 이야기하면 부담스러워할까 봐 지금 이야기하는 거예요."

초은은 어리둥절했다. 그때 그 복학생 고향이 이곳이었다는 것도 그리고 큰형 내외가 운영하는 카페로 자신을 데려가는 것도 놀라웠다. 어색했지만 거절할 새도 없이 은호의 형과 형수가 운영한다는 카페로 향하고 있었다.

*

편백나무 가로수가 병정들처럼 사열하듯 조성되어 있는 길을 지나 도착한 곳은 택지개발 붐이 일어서 전원주택, 카페, 펜션이 곳곳에 들어선 마을이었다. 초은이 자주 지나치던 곳이고 프로방스 분위기가 풍기는 건축에 유럽식 정원이 아름다워 출장 다닐 때마다 눈여겨봤었는데 은호의 형이 사는 마을이라니 묘한 생각이 든다. 지은 지 얼마 되지 않을 것 같은 건물 뒤쪽엔 눈송이처럼 핀 아카시아꽃이 바람에 날리고 있었다. 카페에 들어서자 50대로 보이는 은호의 형과 형수가 반갑게 맞이해 주었다.

"도련님, 어서 오세요."

"형, 형수님! 같이 온 분은 군청에 근무하는 정초은 주무관님이에요. 나랑 고시학원 같이 다녔었어."

"안녕하세요."

조용히 인사를 하고, 은호와 한쪽에 자리를 잡고 앉았다.

"형수님, 꿀메리카노 두 잔 주세요."

메뉴판을 펼쳐보기도 전에 은호가 메뉴를 주문했다. 일반적으로 카페에서 흔히 보이는 메뉴는 아니어서 초은은 그게 뭔가 싶었다.

"꿀메리카노요?"

"제가 고시학원 다닐 때 줬던 커피 기억나요? 그게 꿀메리카노였어요."

"그렇구나. 지칠 때 달달한 그 커피 한 잔이 위로가 많이 됐었어요."

커피 이야기부터 시작해서 이런저런 이야기가 이어졌다.

"전 여기 내려오기 전에 공모 사업 지원서의 담당 주무관 이름을 보고 누나가 아닐까 생각했어요. 기차역에서 만났는데 내 생각이 맞더라고요."

"나도 어디서 많이 봤었는데 하면서도 학원 다닐 때 하고는 모습이 달라져서 아는 체하기가 조심스러웠어요. 더군다나 문화체육관광부 사무관님인데요."

"편하게 말하세요, 누나. 저도 편하게 할게요."

오랜만에 보는 건데도 누나라는 호칭을 편하게 사용하는 은호의 모습을 보니 초은도 덩달아 마음이 편해졌다. 곧 은호의 형수가 커피를 내왔다. 라벤더 꽃무늬가 있는 커피잔에 따뜻한 커피와 아카시아 향이 나는 꿀이 곁들여 나왔다. 은호가 먼저 커피잔에 꿀을 부으며 이야기했다.

"아버지가 양봉을 하셔서 집에서는 설탕 대신 꿀을 넣어 먹었어. 특히 커피에 꿀을 넣어 마시면 힘이 나는 것 같아. 꿀벌들에게 미안한 생각은 들지만 벌들의 힘찬 날갯짓이 느껴져서. 누나도 기억나? 꿀맛 나는 꿀메리카노!"

"응, 기억나. 내가 꿀메리카노 덕분에 시험에 합격했지."

초은은 힘들었던 고시학원 다닐 때를 떠올렸다. 그때 만난 은호는 군대를 막 제대하고 복학하기 전 3개월 동안 공무원이었던 형이 학원에 접수를 해줘서 다닌다고 했었다. 대학 전공이 역사학이라 처음 공부하는 행정고시 과목들이 어려웠다고 여러 번 이야기했었던 것 같다. 그 해 초은은 공무원 시험에 합격해서 지긋지긋한 학원 생활을 청산했고 은호는 복학해서 대학 생활이 시작되어 서로 연락이 끊겼었다.

"이 마을에 몇 년 전에 행정고시 합격 현수막이 걸렸던데 그게 은호 너였구나. 네 고향이 여긴 줄은 몰랐네."

"고시학원 다닐 때는 휴대폰이 없어서 서로 연락할 수 없었잖아. 나도 누나가 여기로 발령받았을 줄 몰랐어. 누나 기억나? 공무원 시험 합격하고 수험서와 노트 물려준다고 가방에 담아서 줬잖아. 그 속에 누나 일기장도 한 권 딸려왔더라. 그 가방을 여기 집에 두고 서울에서 학교 다니느라 몰랐어. 한참 후 방학 때 내려와서 가방을 확인하고 일기장을 봤어. 돌려주긴 해야 하는데 연락할 길이 없더라고."

초은은 또 한 번 깜짝 놀랐다. 실종됐던 일기장 한 권이 은호에게 있었다니. 그걸 읽었을까 싶어 얼굴이 빨개졌다.

"그 일기장 지금도 가지고 있어?"

"응, 있을 거야. 잠깐 기다려봐."

은호는 건물 안쪽으로 들어가더니 곧 일기장을 가지고 왔다. 그걸 건네받고 표지를 바라보는데 부끄럽기도 하고, 20대의 초은을 찾아낸 것 같아 기쁘기도 했다.

"내 일기 읽었니?"

"미안해. 사실 조금 읽었어."

"넌 왜 남의 일기를 읽고 그러니?"

"읽으라고 준 거 아니었어?"

은호는 장난스러운 미소를 띠며 대답했다.

"뭐? 에고, 내 실수지 뭐."

잃어버린 줄 알았던 일기장이 은호에게 있었다니. 그 시절 덜렁대던 자신을 탓하는 마음과 함께 묘한 인연이라는 생각이 들었다.

"누나, 이렇게 만날 줄은 몰랐는데 다시 만나게 돼서 반가워. 자주 연락하고 지내자."

"문화체육관광부 사무관님께서 바쁘실 텐데 지방 주무관과 자주 연락할 여유가 있을까? 아무튼 나도 반가웠고 잃어버렸던 일기장도 돌려줘서 고마워."

자주 연락하자는 말이 싫지 않았지만 혹시 바쁜데 방해가 될까 싶기도 했다. 그래도 그런 말을 먼저 꺼내준 은호에게 고마운 마음이 들었다. 그렇게 우리는 다음 연락을 기약하며 작별 인사를 나눴다.

*

그 후로 초은은 은호와 자주 연락하게 되었다. 고향 소식을 주고받을 때도 있고, 업무 이야기를 할 때도 있었다. 문화예술이라는 공통의 일을 하고 있어서인지 야근을 해도 예전처럼 고되고 힘들게 느껴지지 않았다. 시간이 지나고 가을에 발표된 문화체육관광부 공모사업평가는 결과가 좋았다. 그로 인해 초은은 승진심사에서 가점을 받을 수 있게 되었다.

11월에는 유럽 해외연수 계획도 내려왔다. 초은이 공직생활을 시작한 이후 처음 연수 대상자로 물망에 올랐다. 지역에서 1명이 추천되는데 초은도 연수 대상자로 기대를 할 수 있는 업무성과가 있었다. 다만 인사부서에서 승진과 해외연수 특전을 모두 주지는 않을 거라는 생각이 들었다. 만약 선택을 해야 하는 상황을 생각한다면 승진과 해외연수 중에 승진으로 마음이 기울었다.

며칠 뒤, 은호에게서 전화가 왔다.

"누나, 이번 유럽 해외연수 대상자는 지역 문화축제 활성화 TF 팀으로 구성됐어. 중앙부처와 지방정부가 협업하는 프로젝트 차원의 연수라서 나도 참가하게 됐고. 지방에서는 공모사업평가 우수 공무원도

TF 팀원으로 선정할 예정이래. 누나도 대상자에 들어가는데 함께 가면 좋겠다."

은호가 유럽 연수를 가게 된다는 소식에 마음이 흔들렸다. 지갑 속에 가지고 다니던 50프랑, 어린 왕자 지폐가 행운력을 발휘하는 것 같다는 생각이 들었다.

"사실 이번 연수 기회가 좋지만 승진이 먼저라고 생각해서 포기할 생각이었어."

"이번 유럽 연수는 이탈리아, 프랑스, 스위스, 독일을 모두 방문하는 일정이야. 그중에 프랑스는 누나도 가보고 싶다고 하지 않았어?"

"그러게. 좀 고민이 되네."

"언제까지 결정해야 하는 거야?"

"내일까지는 결정해서 과장님께 보고해야 해."

"그래, 누나한테 도움이 되는 쪽으로 잘 생각해서 결정하면 좋겠다. 결과가 나오면 나한테도 알려줘."

"응, 그럼 다음에 또 연락하자."

*

  초은에게 어린 왕자 50프랑은 열아홉에 생겼다가 사라졌었고, 은호는 스물아홉에 나타났다가 잊혔었다. 그리고 서른아홉, 5월에 어린 왕자 50프랑과 은호가 다시 나타났다. 초은은 지금 자신의 상황이 영화 '세렌디피티'의 주인공 사라처럼 운명적인 사건을 만난 것 같다고 생각했다.

  퇴근길에 마트에 들러서 아카시아꿀 한 병을 샀다. 이제는 모닝커피로 마셨던 오랜 믹스커피 취향을 버리고 아카시아 꿀메리카노 취향으로 바꾸기 위해서다. 초은은 서른아홉에 은호를 생각하며 아카시아 꿀메리카노처럼 아주 달달하게 앓는 중이다.

아카시아향 꿀메리카노 — 이립

달달한 단추언니

주혜나

꾸준히 쓰고 생각하며 살고 싶은 이.
일상을 예술로 빚어내고픈 일상예술가.
세아이의 엄마, 텃밭 농부 그리고 쓰는 사람.

한 책 — 달달한 책

흐드러지게 폈던 벚꽃이 바람에 흩날리며 내린 꽃비로 가게 앞이 분홍빛으로 물들었던 날이었다. 꽃잎이 길 위를 수놓을 때마다 한숨이 새어 나왔다. 개업 후 처음 맞은 벚꽃 시즌은 매상을 올려주는 기특한 이벤트였지만 가게 앞 수많은 꽃잎은 틈날 때마다 쓸어야 할 또 하나의 일거리였다. 애증 어린 시선으로 꽃비가 날리는 창밖을 바라보고 있는데 희진이 피곤한 몰골로 카페에 들어섰다.

　"언니~ 나 맨날 먹는 초코케이크 한 조각 얼른 줘~"

　화장기 없는 민낯에 퀭한 눈, 그 아래 짙게 자리 잡은 눈그늘을 가리려 두꺼운 잠자리 안경을 쓰고 나타난 그녀가 항상 앉던 창가 자리로 갔다.

　"너 얼굴이 말이 아니다. 힘들었나 봐."

　그녀가 가장 좋아하는 초코케이크를 꺼내 접시에 담으며 습관적으로 계산대에 올려진 거울을 들여다보았다. 피곤한 그녀의 얼굴을 보고 나니 오늘따라 내 얼굴이 한결 더 뽀얗게 보였다. 나도 모르게 슬며시 입가에 미소가 번졌다. 초코케이크와 진하게 내린 커피 한 잔을 희진에게 가져다주었다.

"말도 마. 요즘 같이 일하는 편집자가 완전 정상이 아니야. 똑같은 그림을 조금씩 다르게 몇 번을 그렸는지 몰라."

희진은 북디자인을 했는데 가끔 작업한 책이 출판되면 쑥스러운 듯 내게 가져와 보여주곤 했다. 아직 일감이 많지는 않아서 다른 디자인 부업들도 같이 하는 것 같았다. 일이 힘든지 가게를 찾을 땐 항상 피곤한 모습이었다.

*

희진을 처음 만난 건 가게를 개업한 지 얼마 지나지 않았던 때였다. 손님이 오길 기다리며 창밖을 뚫어지게 바라보고 있던 그때, 초점이 없는 퀭한 눈을 하고 부스스한 머리를 대충 올려 묶은 희진이 들어왔다.

"초코케이크 한 조각이랑 아이스커피요."

 한껏 미소를 띠고 인사하는 나와 달리 희진은 눈도 마주치지 않은 채 창가에 자리를 잡고 앉았다. 희진의 시선은 창밖을 향해 있었지만, 눈동자 안에 담긴 것은 아무것도 없었다. 예쁜 접시에 담긴 초코케이크와 방금 내린 아이스커피를 희진의 앞에 내려놓았다. 먼저 커피를 한 모금 마신 희진은 손에 들린 금빛 포크로 초코케이크의 귀퉁이를 부드럽게 베어 내 입에 넣었다. 그리고 다시 커피를 한 모금 마시고는 이내 눈을 감고 미소를 지었다. 달달한 초콜릿이 그녀의 혈관 속에 흐르기 시작한 것이었다. 몇 번 더 같은 동작으로 초코케이크를 입에 넣고 미소를 짓던 희진은 계산대를 바라보았다. 가게에 손님이라곤 그녀밖에 없었다. 눈이 마주치자 미소를 보내 주었다.

"초코케이크가 너무 맛있네요. 전 희진이라고 해요. 저 여기 단골이 될 것 같아요."

 그 뒤로 희진은 자주 퀭한 눈을 하고 나타나 초코케이크를 찾았다. 우리는 가게 주인과 손님에서 자연스럽게 친한 언니 동생 사이가 되었다.

"언니, 삶에서 달달한 것들을 빼면 무슨 재미가 남을까?"

그 무렵 나는 카페 개업을 위해 온갖 종류의 디저트를 맛보고 만들어 보느라 달달한 것이라면 무엇이든 사양하고 싶은 마음이었다. 그녀는 그런 나와는 달리 달달함을 몹시도 사랑했다.

*

"언니, 이번 휴일에 우리 바닷가 놀러 가자!"

벚나무에 푸른 잎사귀가 무성해진 어느 여름날, 희진이 불쑥 찾아와 여행을 가자고 했다.

"여행?"

"응. 마침 다음 주에 일이 없거든. 언니 휴무일 맞춰서 1박 2일로 어때?"

생각해보니 최근 몇 년간은 개업 준비며 카페 메뉴 개발로 정신이 없어 제대로 된 휴가를 다녀온 적이 없었다.

"음…. 그래. 그러자. 여행 간 지도 오래됐네."

그렇게 급작스런 여행 일정이 정해졌고, 시간은 빠르게 지나 약속한 날이 되었다. 양양으로 여행을 떠나는 날, 가게 앞에서 희진을 기다리고 있는데 멀리서 걸어오는 모델 같은 여인이 보였다. 핫팬츠 아래로 드러난 긴 다리와 크롭티 아래 잘록한 허리에 시선이 갔다. 가까이 다가와 보니 희진이었다. 큰 키에 긴 생머리, 뽀얗고 작은 얼굴은 누가 봐도 예쁜 외모였다. 가게에는 항상 잠자리 안경을 낀 화장기 없는 얼굴에 피곤한 모습으로 나타나서 그렇게 예쁜 외모를 가졌는지 미처 알지 못했다. 작은 키에 큰 얼굴, 약간 볼록한 뱃살에 짧은 다리를 가진 내 모습이 부끄러워졌다.

"언니, 너무 신난다! 빨리 가자!"

"그래. 얼른 가자. 신난다."

내 마음을 전혀 눈치채지 못한 희진은 한껏 들떠 있었다. 조수석에 앉은 희진이 뒷좌석으로 짐이 담긴 백팩을 던졌다. 이런. 지난봄에 몇 번이나 사려다 망설인 명품 브랜드의 백팩이었다. 던져진 희진의 백팩 옆으로 가지런히 앉아 있는 나의 저렴한 백팩이 초라해 보였다.

양양으로 가는 2시간 내내 희진은 쉬지 않고 이야기를 이어갔다. 나도 출발할 때 가졌던 속 좁은 마음을 들키지 않으려 애써 신나는 척을 하며 말을 많이 했다. 그렇게 두 시간 정도 지나니 바다가 보였다. 오랜만에 탁 트인 바다 앞에 서니 저절로 큰 숨이 쉬어졌다. 파도를 바라보며 희진에게 가졌던 작은 미움도 바닷물에 쓸려 가 버리길 바랐다.

예쁜 자세를 잘도 취하는 희진을 따라다니며 사진을 백 장쯤 찍어 준 것 같다. 좋은 배경을 뒤로하고 예쁜 사람을 찍으니 어디를 어떻게 찍어도 멋진 사진이 되었다. 초라한 내 마음을 전혀 모르는 희진은 사진 속에서 눈부시게 빛나고 있었다.

"손님, 어떡하죠. 너무 죄송합니다. 오늘 저녁 예약이 더블로 되었어요. 손님께서 나중에 예약하셔서 저희가 부득이하게 환불을 진행해야 할 것 같아요. 저희 실수니까 위약금도 지급할게요. 다시 한번 너무 죄송합니다."

그날 밤, 며칠 전 겨우 예약했던 숙소에서 예약취소를 당했다. 여름 휴가철이라 당일에 양양에서 방을 구하는 건 불가능했다. 저녁을 먹으며 반주를 조금 마셔서 당장 집으로 돌아가기도 어려운 일이었다. 차에서 몇 시간쯤 자고 집으로 돌아가야겠다고 생각하고 있을 때 희진이 조금 떨어진 곳에서 어딘가로 전화를 걸었다.

"방 구했어. 가자. 여기서 조금만 걸어가면 돼."

몇 분 뒤 전화를 마친 희진이 차로 돌아와 말했다. 희진의 미소 속에 약간의 난처함이 묻어있는 게 보였다.

"언니, 사실 지금 가려는 숙소가 전 남친이 운영하는 게스트하우스야."

희진이 예쁜 머릿결을 손가락으로 비비 꼬며 말했다.

"혹시나 해서 물어봤더니 손님방은 없는데 스텝 방이 하나 비어 있다고 오라고 그러네."

다른 곳에 시선을 둔 희진의 눈동자가 약간 흔들리고 있는 것 같았다.

"아. 그래? 거기 가도 너 괜찮은 거야?"

어둠 속에서 희진의 눈빛을 다시 한번 살피며 물었다.

"응. 괜찮아. 우리 쿨하게 헤어져서 지금도 가끔 연락하고 지내."

희진은 여전히 알 수 없는 미소를 지으며 말했다.

"지금 상황이 어쩔 수 없긴 한데…. 너 진짜 괜찮은 거야?"

다시 한번 더 들여다보아도 희진의 눈동자가 무얼 말하는지 알기 힘들었다.

"응. 괜찮아. 언니 걱정하지 마. 오랜만에 여행하러 왔는데 이렇게 돌아갈 수는 없잖아."

희진은 한번 활짝 웃고는 백팩을 메고 씩씩하게 앞서서 걸어갔고 별다른 대안이 없던 나는 희진을 뒤따랐다.

*

 백팩을 메고 조금 걸으니 바닷가에 제법 큰 게스트하우스가 보였다. 게스트하우스에선 파티를 하는지 시끄러운 음악 소리가 흘러나오고 있었다.
 "오랜만이다."
 쪽, 쪽. 희진의 전 남자친구이자 호스트는 희진을 보자마자 볼에 입을 맞추고 그녀를 꼭 끌어안았다. 희진은 그의 인사를 받아주면서도 민망한 듯 날 보며 윙크했다.
 "안녕하세요. 에릭입니다. 엠마가 처음 친구를 데려와서 어떤 분이신지 궁금했어요."
 혼혈인 듯 보이는 그는 매력 있는 웃음을 지으며 내게 악수를 청했다. 방에 짐을 내려놓으며 희진은 둘 사이를 조금 더 설명해 주었다.
 엠마는 희진의 프랑스 이름이었다. 희진은 교환학

생으로 파리에 갔었고, 에릭은 그곳에 자리를 잡고 살고 있었다. 둘은 펍에서 우연히 만나 첫눈에 반해 사랑에 빠졌다. 둘이 얼마나 뜨거운 사랑을 했을지는 설명하지 않아도 알 것 같았다. 여느 연인들이 헤어지는 이유로 둘은 이별했고, 그 후로는 친구로 남아 이렇게 가끔 만나는 사이가 되었다고 했다. 과거를 설명하는 희진의 표정이 왠지 난처해 보여서 목이 마르니 시원한 맥주나 한잔 마시러 가자고 일부러 말을 돌렸다.

1층에 있는 펍에는 세계 각국의 사람들이 모여 파티를 벌이고 있었다. 쉬지 않고 흘러나오는 시끄러운 음악 속에서 다들 신나게 춤을 추고 큰 소리로 대화를 나누었다.

잠시 화장실에 다녀왔을 때, 희진은 자연스레 사람들에게 둘러싸여 있었다. 불어도 영어도 자유롭게 하며 분위기를 주도해 가는 그녀의 모습은 많은 사람 속에서 빛나고 있었다. 그런 그녀 곁으로 다시 다가갈 용기가 없어서 한쪽 구석에서 맥주만 홀짝이다 이내 방으로 들어왔다.

언니 먼저 잘게

잘 준비를 마치고 침대에 누워 희진에게 카톡을 남겼다.

카톡.

옆 침대에 던져진 희진의 스마트폰이 울렸다.

단추 언니

핸드폰이 울릴 때 화면에 뜬 내 이름이었다.

'하. 이게 뭐야? 단추 언니?'

순간 내 눈이 의심스러워 희진에게 카톡을 하나 더 보냈다. 그녀의 핸드폰에 다시 떠오른 내 이름은 단추 언니가 확실했다.

'나 참. 이희진. 이게 미쳤나? 정말 어이가 없네.'

단춧구멍. 어릴 적부터 들어오던 내 별명이다. 어떤 아이들은 동그란 얼굴에 뚫린 콧구멍 두 개가 꼭 단춧구멍 같다고 했고, 또 다른 아이들은 내 작은 눈이 단춧구멍 같다고 했다. 항상 외모에 대한 콤플렉스 때문에 사람들과 잘 어울리지 못했다. 다들 뒤로 돌아서면 내 외모에 관해 이야기하고 있을 것만 같았다.

　나만의 아름다운 가게를 차려서 보란 듯이 사람들에게 보여주고 싶었다. 그 뒤로 자본금을 마련하려 열심히 일하고 준비했다. 대학을 졸업하고 그 하나의 목표를 위해 열심히 달려와서 마침내 나만의 가게를 차렸다. 지금 나는 아름다운 가게 안에서 나만의 삶을 뿌듯하게 살아내고 있었다.

　'그런데 단.추.언.니.라고? 니가? 감히? 나한테?'

*

　그 밤을 어떻게 지새웠는지 또렷이 기억난다. 처음엔 부들부들 떨다, 점차 차분해지고 차가워졌다. 인기척이 들리자 자리에 누워 자는 척을 했다. 희진은 술에 잔뜩 취해서 들어와 그대로 뻗어서 잠이 들었다. 누워있는 희진을 아침까지 쳐다보았다.

　'눈, 코, 입이 어떻게 하면 이렇게 예쁠까? 긴 생

머리도. 큰 키도. 적당한 가슴이랑 엉덩이도. 어떻게 애는 이렇게 다 가지고 태어났을까?'

밤새 그녀를 쳐다보고 있었다. 처음엔 부러움이 북받쳐 올랐지만, 아침이 밝아 올 때쯤엔 그녀가 하나도 부럽지 않았다.

'넌 못생겨 본 적이 없을 테니까. 그러니 누가 밤새 자기를 내려다보며 무슨 생각을 하고 있는지, 내가 앞으로 무슨 짓을 할지 전혀 알 수가 없겠지.'

다음날 그녀와 해장국을 맛있게 먹고 아무 일도 없는 듯 집으로 돌아왔다. 그리고 며칠 뒤부터 그녀만을 위한 초코케이크를 따로 만들기 시작했다.

*

그라목손. 찻숟가락 반도 안 되는 양만 먹어도 치사량으로 충분하다. 무색무취 무미. 먹고 나서 당장은 아무 문제가 없다가 서서히 증상이 나타나기 시작해서 열흘 내에 극도로 고통스럽게 죽게 된다는 흔하게 구할 수 있는 제초제. 진한 초코케이크에 섞어도 아무런 티도 나지 않았다. 그녀가 올 것 같은 날 아침이면 초코케이크 한 조각을 따로 만들었다가 저녁이면 쓰레기통에 처박아 버리기를 몇 번이고 계속 반복했다.

며칠 후, 희진은 또다시 지친 기색이 역력한 얼굴을 하고 가게를 찾아왔다. 이젠 주문도 하지 않고 창밖이 내다보이는 자리에 가서 멍한 눈으로 앉아 있었다. 난 그녀를 위해 만들어둔 초코케이크를 말없이 내려다보았다.

잠시 그렇게 서 있다가 여느 손님에게 파는 초코케이크 한 조각을 접시에 담아 아메리카노와 함께 희진에게 가져다주었다. 언제나처럼 초코케이크의 달달함에 빠져 순식간에 한 접시를 비워버린 희진은 다시 초점이 돌아온 눈으로 날 보며 싱긋 웃었다.

"언니, 카카오는 원래 쓴 음식인데 누가 달달함을 더할 생각을 했을까? 이 씁쓸함은 달달함 뒤에 너무 교묘하게 잘 숨어 있는 것 같아."

아무 대답 없이 초코케이크가 넘어가는 희진의 목을 바라보았다.

"그런데 오늘 언니 왜 이렇게 말이 없어?"

"아. 아니야. 그냥 좀 피곤해서 그러지 뭐."

'희진아. 인제 그만 와. 예쁘게 오래오래 살고 싶으면 이제 오지 마.'

달달함에 흠뻑 빠져 웃고 있는 희진을 보며 마음속으로 이야기했다. 그 예쁜 웃음을 다시 보니 다음 번엔 내가 어떤 케이크를 건네게 될지 나도 알 수가 없었다.

*

희진이 꽤 오랫동안 가게에 오지 않았다. 벌써 한두 번은 와서 초코케이크를 먹고 갔을 텐데 무슨 일이 있는지 연락도 없었다. 차라리 잘된 일이라고 생각하고 그녀를 잊으려 했다.

"최진희 씨 맞으시죠? 강북경찰서에서 나왔습니

다."

 어느 날, 갑자기 형사 두 분이 가게를 찾아왔다.

 "네. 저 맞는데 무슨 일이시죠?"

 "이희진 씨 아시죠?"

 희진의 이름을 듣는 순간, 갑자기 목덜미가 서늘해졌다.

 "네. 알아요."

 애써 태연한 척을 하며 대답했다.

 "이희진 씨가 얼마 전 양양에서 사망했습니다."

 심장이 갑자기 바닥에 떨어지는 느낌이었다.

 "뭐라고요? 누가요? 왜요?"

 방금 들은 말이 제대로 이해가 되지 않아서 형사들에게 재차 물었다.

 "이희진 씨 유품에서 최진희 씨에 대한 정보들이 나와서 조사차 왔습니다. 저희랑 같이 가서 조사에 협조 좀 부탁드립니다."

 희진은 가게에 오지 않던 시간 동안 양양에 갔던 모양이었다. 저번에 함께 갔던 게스트하우스에서는 자주 마약 파티를 했고, 파리에서 만났다는 에릭은 사실 마약 밀반입자였다. 희진이 죽던 날, 그녀는 독한 술을 잔뜩 마셨고, 약을 했고, 다음 날 아침 다시 일어나지 못했다.

희진이 죽은 후, 그녀에 대한 새로운 사실을 많이 알게 되었다. 희진에게는 가족이 아무도 없었다. 그녀는 보육원에서 쭉 자라다가 열세 살이 되어서야 프랑스로 입양을 갔다. 그리고 5년 전 다시 한국에 돌아올 때까지 어떤 삶을 살았는지 아무도 알지 못했다. 프랑스 부모님과는 인연이 끊어진 상태였다. 함께 마약을 했던 매력적인 전 남자친구 에릭은 구속되었고, 희진의 시체를 수습할 사람은 아무도 없었다. 그래서 경찰들이 내게까지 찾아오게 된 것이었다.

영안실에서 사망한 사람이 이희진이라는 것을 확인해 주자 얼마 지나지 않아 그녀의 시신은 화장장으로 향했다. 화장장의 불꽃은 엄청난 열기로 그녀의 아름다웠던 육체를 말끔히 태워 버렸다.

타오르는 불꽃 앞에서 나는 울어야 하는 것인지, 웃어야 하는 것인지 마음을 정할 수가 없어 멍하니 앉아만 있었다. 가루만 남은 희진의 육체는 자신을 독살하려 제초제가 든 초코케이크를 만들던 이의 손에 들려 마지막을 맞이했다.

유골함을 들고 희진이 살던 방을 찾았다. 빛이 들어오는 구멍이라곤 작은 창 하나가 전부인 소박한 방이었다. 작은 창으로 보이는 맞은편 건물 벽은 창밖으로 손을 뻗으면 닿을 수 있을 것 같았.

그 창가에 작은 스킨답서스 하나가 주인이 사라진 걸 아는지 기운이 없이 축 늘어져 있었다. 가게에 있는 커다란 아레카 야자를 한참 동안 바라보던 희진의 눈빛이 생각났다.

화분을 싱크대로 옮겨 물을 흠뻑 주고는 그녀의 소지품들을 살폈다. 열권이 넘는 일기장이 조그마한 책장에 가지런히 꽂혀 있었다. 가장 최근 일기를 꺼내서 읽어보았다.

2021. 10. 31.

진희 언니의 케이크는 정말로 맛있다. 조금 더 여유가 있었다면 더 자주 가서 먹었을 텐데…. 초코케이크값만 아껴도 훨씬 돈을 빨리 모을 수 있을 것 같다. 진희 언니는 언제나 내게 따뜻하다. 한 번도 받아본 적 없는 그런 따뜻한 눈빛이 처음에는 낯설고 부담스러웠는데…. 지금은 언니의 그런 눈빛이 너무 좋다.

언니는 나를 정말 좋아하는 거겠지? 내가 다시 상처 받을 일은 없겠지? 오늘 양양에 가기 전에 언니 가게에 한번 들르고 싶었는데 게으름을 부리다 시간이 다 지나가 버리고 말았다. 에릭을 도와주는 일은 이번이 마지막이면 좋겠다. 이번에 양양에 다녀오면 제일 먼저 언니 가게에 들려야겠다.

2021. 8. 2.

언니와의 여행은 짧았지만, 너무 행복했다. 언니는 나의 과거를 모르지만 내 지금 있는 모습 그대로를 좋아해주는 것 같다. 지난밤에 에릭의 유혹을 뿌리치기 힘들었지만, 언니가 있어서 참을 수 있었다. 에릭은 여전히 자기 곁으로 와서 같이 사업을 하자고 말했지만 다시 한번 거절했다.

다시는 과거로 돌아가고 싶지 않다. 완전히 끊지는 못했지만, 차차 끊어서 결국 완전히 끊어버리고 약에서 손을 떼야지. 진희 언니를 만난 이후로 왠지 더 잘해 낼 수 있을 것 같은 기분이 든다. 내가 차가 있어서 운전을 할 수 있으면 언니랑 더 많이 여행을 다니고 싶다.

2020. 6. 13.
약을 끊으려 애를 쓰는데 잘 안된다. 약 기운이 떨어지면 기운이 없어지고 아무 생각이 들지 않는다. 술이라도 마시려고 편의점에 가다가 새로 생긴 카페를 발견했다. 손님이 아무도 없었지만 진열된 초코케이크가 너무 맛있게 생겨서 카페 안으로 들어갔다. 초코케이크는 지금까지 먹어본 케이크 중의 최고였다. 허겁지겁 먹고 보니 기운이 좀 돌아오는 느낌이 들었다.

그제야 카페가 보였다. 빈티지한 분위기에 잔잔한 음

악, 곳곳에 자리 잡은 예쁜 화초들. 주인 언니가 정성을 많이 들인 것 같았다. 이런 카페의 주인이라. 나도 내 가게를 가져보고 싶은데 그런 일이 내 인생에서 가능할까? 케이크를 다 먹자 주인 언니가 케이크 맛을 물어봤다. 그리고 반짇고리를 가져와 내 소매에서 달랑거리던 단추를 다시 달아줘도 되겠냐고 물었다. 당황해서 머뭇거리자 언니는 괜찮다며 내 손을 잡아당겨 소매 끝에 달랑거리던 단추를 다시 단단히 달아주었다.

아. 왠지 그 카페에 자주 가게 될 것 같다.

.
.
.

단추 언니

희진의 핸드폰에 저장되어 있던 내 이름이 기억났다. 그녀의 소매에 단추를 달아 준 일이 그제야 생각났다. 그 자리에 주저앉아 희진의 유골이 든 항아리를 바라보았다. 허망한 눈물로 그 밤을 꼬박 적셨다.

*

 이제 카페 앞 거리는 낙엽이 수북이 쌓였다. 바스락. 들어오는 손님들 뒤로 낙엽 밟는 소리가 따라 들어 오는 것만 같다.

"아이스커피랑 초코케이크요."

 희진이 매번 앉던 그 자리에 다른 손님이 앉는다.

"맛있게 드세요."

 손님 앞에 초코케이크를 내려놓으며 짓는 나의 미소도 여전하다.

"사장님, 초코케이크 너무 맛있어요. 저 여기 단골 될 거 같아요."

 순간 얼음에 닿은 피부처럼 바닥에 발걸음이 달라붙는다.

"감사합니다, 손님. 자주 오세요."

 아무렇지 않은 듯 바닥에서 발걸음을 떼어낸다. 그러나 마음에는 억지로 떼어낸 피부처럼 쓰라린 생채기가 또 하나 생긴다. 쇼케이스 안에는 앞으로도 내 발걸음을 수도 없이 멈춰 세울 충분한 양의 케이크들이 정갈하게 진열되어 있다.

오늘도 여전히 초코케이크를 만든다. 달달하고 씁쓸한, 씁쓸하고 달달한 초코케이크를.

●● 한책—달달한책

초판 1쇄 발행, 2022년 6월 6일
지은이, 겨울 김지음 이립 주혜나
길잡이, H씨 @bookshelf_h

펴낸곳, 파종모종
주소 61218 광주광역시 북구 우치로 13-1, 1층
이메일 pasonmoson@gmail.com
인스타그램 @pasonmoson
등록번호 2016년 2월 23일 제2016-000004호

만든곳, 종로인쇄
주소 61488 광주광역시 동구 백서로125번길 7

표지, 디자이너스 칼라 209g/㎡
내지, 그린라이트 80g/㎡

ISBN, 979-11-973687-4-5
979-11-973687-2-1(세트)

이 책의 판권은 지은이와 파종모종에 있습니다.
이 책 내용의 전부 또는 일부를 재사용하려면 반드시 양측의 서면 동의를 받아야 합니다.

limited-edition first printing **029** /300
₩10,000